不死者の弟子3
The Disciple of Lich
邪神の不興を買って奈落に落とされた俺の英雄譚
「ウウウウウウ……！」
ポメラ
Pomera
「どど、どうしよう……フィリア、フィリアね、お犬さん、苦手なの」
「ひいいっ！」
ウル
Wol
フィリア
Philia
著 猫子 Nekoko
画 緋原ヨウ Hihara Yoh

「炎魔法第十五階位《炎神の怒り《アグニイーラ》》」
コトネ
Kotone

「――炎魔法第二十階位《赤き竜《アポカリプス》》」
カナタ
Kanata

「カナタ、ね。
なんでこんな化け物が、
脈絡もなく突然現れて、
わざわざ穏便に行動してる
私なんかの前に出てきたのか
わからなかったけれど……貴方、
そう、バグね」
アリス
Alice

不死者の弟子 3

邪神の不興を買って奈落に落とされた俺の英雄譚

Nekoko
著 猫子
Hihara Yoh
画 緋原ヨウ

The Disciple of Lich

This is Heroic Tale of Mine
That I Incurred Evil God's Displeasure
and Dropped to the Abyss

The Disciple of Lich

This is Heroic Tale of Mine
That I Incurred Evil God's Displeasure
and Dropped to the Abyss

CONTENTS

第一話 軍神の秘密

1

「カ、カカ、カナタしゃん……こ、これ、どうしましょう……」

冒険者ギルドの休憩所で、俺はポメラと顔を合わせて相談していた。机の上には、金貨の詰まった袋が並んでいる。

ポメラは蒼褪《あおざ》めた顔をしている。俺の横では、フィリアが目をキラキラさせて貨幣袋を見つめていた。

「カナタ、カナタ！　これだけあったら、甘いものいっぱい食べられる？」

どうやらこれは冒険者ギルドから出た、末女リリーの討伐報酬らしい。職員が「少ないですがお納めください、聖拳様……」と頭を下げて、ポメラに渡したものだ。

此度《こたび》のラーニョ騒動ではかなりの数の冒険者を動かしていたため、どうしても功績に見合った額を用意することが難しいのだそうだ。今の都市マナラークにはそれだけの余力がない。

だが、それでも俺達《たち》の受け取った報酬金の額は四千万ゴールドもあった。というより俺達は参加しただけで《魔銀《ミスリル》の杖《つえ》》でのガネットへのツケ一千万ゴールドをチャラにしてもらっているので、実質五千万ゴールドの報酬である。金銭感覚が麻痺《まひ》してきた。

周囲の冒険者達が、ひそひそと指を差して話しながら俺達を見ていた。俺はひとまず魔法袋に金貨を収納することにした。

「……そんなに、その、リリーとやらは強かったんですか？」

ギルドの職員や冒険者達が現在調査中ではあるが、ひとまずは街を襲撃した末女リリーが魔王であるということになっているようだ。そのお陰で報酬金額が増えたところは大きいだろう。しかし、それだけではこんな大金にはならないはずだ。

「リリーは、推定レベル４００超えだそうです……。フィリアちゃんがいなかったら、今頃マナラークはどうなっていたことか……」

ポメラはぶるりと身を震わせる。

俺は顎に手を当てて考える。

えっと……レベル４００ということは、大体ロヴィスの倍で、オクタビオの十四倍で、フィリアの四分の一くらいか？　なんだかよくわからなくなってきた。

「そこそこ強そうですね……？」

俺はとりあえずそう答えておくことにした。

「カナタさん、本当にそう思っていますか……？」

ポメラが不安そうに俺へと尋ねる。

しかし、レベル４００といえばほとんど邪神官ノーツと変わりない。それでこの魔法都市マナラークが滅びそうだったのか。ロヴィスが恐れられているのも、今となってはすんなりと受け入れられる。

なんにせよ、このロークロアの世界は、都市一つくらいなら簡単に滅ぼせる奴《やつ》らがゴロゴロしているということだ。前々から歪《いびつ》な世界だとは思っていたが、本当によく滅んでいないものだ。もっともそれは、ナイアロトプ達が生かさず殺さずを続けているからなのだろうが。

「胸糞《むなくそ》悪い奴らだ」

俺は思わず呟《つぶや》いた。

「ど、どうしたのですか、カナタさん？」

「いえ……すみません、ちょっと考え事をしていました」

どうにか、ナイアロトプ達からこの世界を解放する手段はないものだろうか。難しいことなのはわかっている。元々この世界は、神々のエンターテイメントとしてナイアロトプ達が作り上げたものだ。しかし、奴らの気紛《きまぐ》れ一つで数万人が死ぬと思えば、さすがに気分が悪い。

「カナタ、カナタ！　フィリアも頑張った！　甘いもの買ってほしい」

フィリアが俺の袖をぐいぐいと引っ張る。

「……フィリアちゃん、これだけあったらお菓子の家が建つよ」

後でまた買い溜《だ》めしておいてあげよう。

「急ぎでお金を使いたい案件があるのですが……使わせてもらっていいですか？」

俺はポメラとフィリアへ尋ねた。このお金は俺のものではない。ひとまず俺が管理するという話にはなったが、勝手に使い込むわけにはいかない。

「……ポメラは本当に何もできていませんでしたから、反対する理由もありません」

ポメラがやや落ち込んだ様子で首を振った。

ポメラは最近は自信をつけつつあるようだったが、魔王騒動でレベル不足を実感したのだろう。レベル２００ちょっとでは、今回のような事件に巻き込まれてはひとたまりもない。俺もポメラを連れまわしている以上、早く彼女のレベリングを再開する義務がある。

「フィリアは、お菓子いっぱい買ってくれるならそれでいい！　カナタに全部あげちゃう！」

まさか幼女に四千万ゴールドをぽんとプレゼントされるとは思わなかった。

「……ありがとう、フィリアちゃん。使った分は、どうにか埋めておくよ」

リリーで四千万ゴールドならば、機会さえあればお金を稼ぐことは難しくなさそうだ。相手のレベルが高すぎると悪目立ちするので、リリー前後クラスの相手を狙いたいところだが……。

「カナタさん、何にお金を使いたいのですか？」

「ポメラさんのレベル上げですよ。早く《神の血エーテル》を量産できるようになって、鏡の悪魔のレベル上げを再開させないと……」

ポメラの顔がさっと蒼褪めた。

「そういえば、そんな話がありましたね……。あ、あれ、もう一度やるのですか……？」

「そ、そのつもりでしたが……その、嫌でしたか？」

ポメラは不安げに大杖に抱き着いていたが、口をきゅっと引き締めた。

「お、お願いいたしますね、カナタさん……！　ポメラも、今のままだと、カナタさんの横にいるのに力不足だってわかりましたから、頑張ります！」

「ええ！　とりあえず、レベル１０００くらいを目標にしましょう」

「せ、千……は、はい、頑張ります！」

《神の血エーテル》の製造に必要なものは《高位悪魔の脳髄》、《アダマント鉱石》、《精霊樹の雫《しずく》》である。

《高位悪魔の脳髄》は呪鏡で無限に手に入る。つまり、ほとんどタダみたいなものだ。

《アダマント鉱石》は、フィリアの力を借りれば錬金できる。四千万ゴールドあれば、ガネットに頼んで《魔銀《ミスリル》の杖》で素材を集めてもらえる。既に持っているが、《アダマント鉱石》は一番量を確保するのが大変なので、ガネットに依頼して素材を集めてもらった方がいいかもしれない。

そしてまだ入手していない《精霊樹の雫》は、高位の精霊と契約してしまえば手に入れることは難しくない。精霊は儀式によって交信や仮召喚を行い、相手の機嫌を取ったり与えられた課題を熟したりすることで、契約することができる。契約さえ完了すれば好きなときに召喚できるようになる。

「ひとまず、《精霊樹の雫》を入手するために、精霊契約に必要になる触媒のアイテムを見繕おうと思います」

2

精霊契約に必要な触媒を買い集め、《アダマント鉱石》の素材発注をガネットに頼んだ俺達は、魔法都市マナラークを出て近くの森を歩いていた。

「……四千万ゴールドって、すぐなくなるものなのですね。ポメラ、初めて知りました」

ポメラが呆《あき》れたように口にする。

「ポメラさん、それは金銭感覚が麻痺していますよ」

「カナタさんがそれを言うのですか……」

《アダマント鉱石》の素材発注に三千万ゴールド掛かった。以前は一千万ゴールドで済んだが、それなりに纏《まと》まった量が欲しかったのだ。前回は、作れるかどうかの実験的な意味合いが大きかった。

《神の血エーテル》はいくらあっても困ることはない。それにガネットといえども、《アダマント鉱石》の素材を集めるには少し時間が必要なようであった。早めに一定量を確保しておきたかった。

……そして残り一千万ゴールドは、ポメラの壊れた杖の買い替えと、精霊契約に必要な触媒の購入でその大半が消えてしまった。

どうにか補強して騙《だま》し騙《だま》し使っていたが、今までポメラ本人のレベルと杖の質の格差が開きすぎていて、本当にただの鈍器にしかなっていなかったのだ。なので、それなりの杖を購入しておくことにした。

もっとも、それでもポメラのレベルとは不釣り合いなので、いつかそれなりの杖をどうにか用意したいとは思っているが、今はひとまず市販品で間に合わせることにした。

召喚の触媒に関しては、ルナエールからもらった魔導書を眺めて強大な精霊に交信できそうなものを選んだ。《精霊樹の雫》を得られる程の高位精霊であれば、それなりでいいはずなので、安く済ませるという手もあった。

……だが、俺はどうにも凝り性なので、気が付くと高額な素材ばかりに目が行ってしまっていた。どうせ契約するならば強い精霊の方がいいに決まっている。契約精霊とは、パートナーのようなものなのだ。多めに費用を掛けておいても、まあ損することはないだろう。

その結果、気が付けば総額ほぼ四千万ゴールドである。体感だが、一ゴールドと一円はほぼ等価だ。前世の二十年掛けて使った何倍もの額が、一日にして溶けるとは思わなかった。

「フィリアちゃん……ごめんね。その、この出費はなるべくすぐ埋めるから……」

「カナタの役に立てて嬉《うれ》しい！　フィリア、もっとお金稼ぎたい！」

良い子すぎる、笑顔が眩《まぶ》しすぎて直視できない。フィリアが付いてきた際にはこの子をどうしよ

う と頭を抱えたが、あのとき連れてきて本当によかった。

「……フィリアちゃん、精霊契約が終わったら、またケーキ屋さんにでも行こうね」

「本当？　フィリア楽しみ！」

フィリアが両手を振ってきゃっきゃと燥《はしゃ》いでいる。ポメラのレベリングが最優先課題であったとはいえ、心が痛くなってきた。

精霊契約には場所も重要である。初めての精霊と交信を行うためには色々と準備が必要なのだ。水の精霊を呼び出したければ湖で、石の精霊を呼び出したければ山奥で、と相場が決まっている。森で召喚を行うのはかなりスタンダードだといえる。

大事なのは、自然の多い地で行うことだ。人工物に溢《あふ》れた街中では、精霊契約で精霊との交信を図る難度は上がる。どうしてもレベルの低い精霊が出てきやすくなる。

「交信には、四門法を使います」

俺はロヴィスからもらった《冒険王の黄金磁石》を用いて方角を確認し、《英雄剣ギルガメッシュ》の鞘《さや》越しに地面に四つの図形を描《えが》いていく。

四門法は精霊契約を行うための儀式の一つで、四つのアイテムをそれぞれの方角に置き、それらを異界に送ることを対価に精霊との交信を繋《つな》げるのだ。俺は街で購入した魔物の心臓やら鉱石を並べていく。

「カナタさん、三つしか購入していませんでしたよね？　四門なのに、三つでいいのですか？」

「四つ目はこれを使います。腐らせておくのもなんなので」

俺は《異次元袋《ディメンションポケット》》から大きな水晶玉を取り出した。翡翠《ひすい》色の水晶の中には、何かの影のようなものが蠢《うごめ》いている。

「な、なんでしょうか、それは……」

ポメラは不気味に感じたらしく、咄嗟《とっさ》に大杖を構えていた。

「魔王が落としたものです。勿体《もったい》ない気もしますが……まぁ、持っておくのも不吉ですから」

これについては詳細は既に確認済みである。《深淵《しんえん》の月》という名のアイテムだ。


【深淵の月】《価値：神話級》

邪悪な魔力を帯びた水晶玉。十三体の強大な魔王の血を掛け合わせ、高度な錬金術によって結晶化したもの。

水晶の中には今なお、閉じ込められた魔王の魂の片鱗《へんりん》が蠢いている。魔物を誘《おび》き寄せる力がある。

また、魔物の身体《からだ》に埋め込めば急激な成長を促すことができる。


以前《アカシアの記憶書》で調べたときにはこう出てきた。

他に使い道もないし、丁度いいだろう。俺はルナエールの魔導書を捲《めく》りながら、手順を再確認する。

「後は……持ち主の魔力次第みたいですね。真ん中に手をついて、魔力を込めればいいそうです」

アイテムや場所、本人の魔力に添った精霊が出てくるが、不確定要素が多すぎて、かなりランダム性が強いようだ。条件次第では高確率で狙った精霊を喚《よ》び出すこともできるそうだが、下位精霊に限った話だ。契約のために交信で課題を熟すか、仮召喚で課題を熟すかも、精霊の性質によるらしい。

「カナタさん……あんまり魔力、込めないほうがいいのでは……？」

「大丈夫ですよ。基本的には、人間好きな精霊しか引っかからないみたいです」

俺は笑いながらそう口にしたが、ポメラは更に眉を顰《ひそ》めた。

「えっと、地に宿りし精霊よ、我ら人の子に力を貸したまえっと……」

俺は魔法陣の中央に手を添え、勢いよく魔力を込めた。

図形から光が放たれる。四門法に用いたアイテムが光の中に消えたかと思うと、俺達の前方に大きな獣が現れた。

全長は三メートルくらいだろうか。空に似た青の、ずっと見ていたくなる綺麗《きれい》な毛並みをしている。毛深く、好意的に二又の尾が揺らいでいた。

ポメラは恐々と目を見開いていたが、現れた精霊を目にして頬を赤らめた。

「あ……可愛《かわい》い」

ポメラが安堵《あんど》した瞬間、目前の獣が口を開いた。巨大な牙が姿を見せ、口からは大量の涎《よだれ》が垂れた。

薄い青色の液体が地面に垂れる。伸びた舌は長く、赤紫色をしていた。狩人《かりゅうど》のような、金色の両眼が見開かれる。

「ひいいっ！」

ポメラが俺の背後に隠れた。

……ひとまず、仮契約に成功しただけだ。どうにかここからこの精霊の機嫌を取って、本契約を行わなければ、使ったアイテムも無駄になってしまうのだが……。

俺は目前の獣を睨《にら》みながら、牽制《けんせい》する。油断すれば飛び掛かりかねない様子だった。

呼びかけに応じたということは、条件さえ整っていれば契約に応じるつもりはある、ということだ。だが、高位精霊は気難しい相手が多いという。機嫌を損ねれば、喰《く》い殺されかねない。

とにかく俺は《ステータスチェック》を行ってみることにした。

種族：ウルゾットル
Ｌｖ　：２１６４
ＨＰ　：７３２２／７３２２
ＭＰ　：１４２４３／１４２４３

「な、なるほど……ポメラさんとフィリアちゃんは、ちょっと下がっていてください。危険かもしれません。フィリアちゃん、何かあったらポメラさんを守ってあげて」

「何かあるかもしれないのですか!?」

獣の精霊ウルゾットルは、赤紫の舌を伸ばしながらじぃっとポメラを睨みつけていた。ポメラはウルゾットルの視線に真っ青になった。

《地獄の穴《コキュートス》》を出て以来、フィリアの《夢の砂》を除けば最高レベルの相手だった。普通に魔王マザーよりも遥《はる》かに強い。いいのか、こんな化け物をあっさり喚び出せてしまって。何かの拍子にウルゾットルがポメラに向かえば大変なことになる。

ポメラとフィリアが下がり、俺は前に出た。ウルゾットルと睨み合いになる。

「どど、どうしよう……フィリア、フィリアね、お犬さん、苦手なの」

フィリアがポメラの背後へと回っていた。ゾロフィリアの核にされる前に、犬に噛《か》まれたことがあったのかもしれない。でも、今はできればポメラを守ってあげてほしい。

ウルゾットルはグルルルル、と喉を鳴らす。

ど、どうするべきか。好戦的な精霊であれば、自分より強い相手にしか従わない、ということも多いのだという。

だが、こちらの世界の食事や遊びで満足してくれる精霊もいる。中には美男美女にしか靡《なび》かない精霊までいるらしい。ウルゾットルは好戦的に見えるが、相手の意図を摑《つか》む前に先制攻撃に出るわけにもいかない。

「フィッ、フィリアちゃん、お菓子、お菓子出して！　ちょっと一度、それで様子を見てみるから……」

俺が背後を振り返ったそのとき、ウルゾットルが地面を蹴って飛びかかってきた。

や、やっぱり好戦的なタイプだったか！　ウルゾットルは俺の手前で大きく跳んで、真上から落下してきた。

加減のできない《英雄剣ギルガメッシュ》を振り回すわけにはいかない。俺は素手で伸《の》し掛かるウルゾットルを受け止めた。

「ウウウウ……！」

ウルゾットルが舌を伸ばし、俺の身体を舐《な》める。

その感触にぞわっとした。いや、感触だけじゃない。嫌な疲労感があった。魔力をごっそり引き抜かれたのだ。

「アオオオオッ！」

大口を開けて喰い付いてくる。俺は腕に力を込め、ウルゾットルを投げ飛ばした。

「ギャイッ!?」

ウルゾットルは人間相手に力負けするとは思っていなかったのだろう。無防備に地面を転がっていった。途中で起き上がり、素早く俺へと戻ってくる。

こ、これ、ちょっとやそっとのダメージじゃ、あっさりと倒れてくれそうにないぞ。精霊との力比べは、そこまでがっつり戦うものなのか。

ウルゾットルは俺の横を通り抜けたかと思えば、周囲をぐるぐると回り始めた。

幸い、ポメラ達に向かう様子はなかった。フィリアはガタガタ震えながら、ポメラに抱き着いていた。……本気を出せば、ウルゾットルよりフィリアの方が強いはずだが。

俺の周囲を走るウルゾットルがどんどんと加速していく。初動の倍近い速度になったところで、一直線に俺へと飛び掛かってきた。俺はそれを屈《かが》んで避ける。

ウルゾットルはまた俺の周りを駆け、タイミングを見計らって飛び込んでくる。俺はそれを受け流した。

もう少し、重めの攻撃を叩《たた》き込んだ方がいいのだろうか。精霊の感覚がわからない。

そうして何回かやり過ごしている内に、避けたと思ったとき、俺の身体が何かに引っ張られた。

二又の尾が、俺の身体に絡まっていた。

「やられたっ……!」

ウルゾットルはそのまま俺を引き摺《ず》って走り回り、俺を空中へと投げた。

「ガァッ!」

ウルゾットルが俺目掛けて地面と垂直に跳び上がってくる。避けられないところを仕留めに掛かってきた。

時空魔法で逃げてもいいが、ここは正面から抵抗するか。俺は身体を捻《ひね》り、ウルゾットルの頭を真下に蹴り飛ばした。

ウルゾットルの背が地面に叩き付けられた。腹部を晒《さら》したまま地面の上に寝転がる。俺はウルゾットルの傍《そば》に降り立った。

「……威力、乗りすぎたかな」

ウルゾットルは寝っ転がったままだ。あれだけレベルがあれば、耐えられるかと思ったのだが……。

ウルゾットルはお腹《なか》を見せて寝っ転がったまま、チラリと俺へ目をやった。ハッハと息を荒らげ、何かを期待しているように何度も俺へと目を向けてくる。

……もしかして、ダメージで動けないんじゃなくて、服従のポーズなのか？　俺はそうっと近づき、ウルゾットルの腹部を撫《な》でた。

「クン、クゥン、クン！」

ウルゾットルは外見に似合わない、甲高い声で鳴いた。嬉しそうに身体をひょこひょこと曲げる。

「み、認めてくれた……んですか？」

俺はウルゾットルへ尋ねる。

ウルゾットルはひょいと身体を起こし、ブンブンと巨大な二又の尾を振るう。どうやら認めてもらえた、そう考えて問題ないようだ。

しかし、どのタイミングで認めてもらえたのかよくわからない。もしかしたら相手のことがわかるかもしれないと、俺は《アカシアの記憶書》を開いた。


【ウルゾットル】《神話級》

犬の高位精霊。死を司《つかさど》る精霊として人間からは恐れられている。

舐めた相手の魔力を吸うことができる。レベルが低いとそのまま魂を呑《の》まれかねない。

甘えん坊でじゃれ合うのが好きだが、大抵相手がすぐに瀕死《ひんし》に陥る。そのため強い人間を求めている。好きなことは追いかけっこと甘噛み。


おお、精霊でも出てくるのか。……この外観で、意外と甘えん坊らしい。

何はともあれ、レベル２０００以上の精霊なら、きっと《精霊樹の雫》を持ってくることもできるだろう。これで《神の血エーテル》の材料が揃《そろ》ったといえる。

「や、やりましたね、カナタさん！」

ポメラが嬉しそうに近づいてくる。ポメラに続いて、フィリアがそうっと、そうっとこっちへ向かってくる。

「ポメラさん、ちょっと危ないかも……」

俺が言い終えるより先に、ウルゾットルがぴょんと跳んでポメラの前に降り立ち、彼女の顔と身体を舐め回した。

「クゥン、クン！」

唾液塗《まみ》れになったポメラは何が起きたかわからなかったらしく、しばし茫然《ぼうぜん》と立っていた。だが、数秒後、顔を蒼《あお》くしてその場にふらりと倒れ込んだ。

「カカ、カナタしゃん……身体が、身体がなんだか冷たくて、冷たくて、重いです……それに、なんだか寂しくて……」

ポメラは地に倒れたまま自身の身体を抱き、ガタガタと震える。

「ポメラさん！　し、しっかり、しっかりしてください！」

俺は近くに屈み込み、ポメラへと声を掛ける。どうやら今の一舐めで魔力をごっそり持っていかれたようだ。フィリアがこの世の終わりといった表情で、ポメラを見つめている。

「クゥン……」

ウルゾットルは申し訳なさそうに尾を垂らし、小さな声で鳴いた。

3

「これで、よしと……」

俺の腕に狼《おおかみ》を模した青い紋章が浮かび、溶けるように消えていった。精霊が認めてくれて、本契約が完了した証《あか》しだ。

紋章は見えなくなったが、俺の身体の内の魔力には焼き付いている。ウルゾットルはこの紋章を辿《たど》り、俺の許《もと》へと来ることができる。要するに、次から好きなときにウルゾットルの力を借りることができるということだ。

本契約が終わったところで、俺は早速ウルゾットルと交渉してみることにした。《神の血エーテル》の材料である《精霊樹の雫》を得るのが元々の目的であったのだ。


【精霊樹の雫】《価値：A級》

精霊の世界に聳《そび》え立つ巨大樹、ユグドラシルの雫。あらゆる精霊の源であるともいわれている。高い癒しの効果があり、錬金魔法においても重宝される。

精霊王よりユグドラシルに棲《す》まうことを許されている高位の精霊と契約を結び、彼らとの交渉を経て手に入れることができる。


《精霊樹の雫》は高位精霊であれば入手できるはずだ。元々A級なので極端に入手ハードルの高いアイテムではない。頑張れば現地のA級冒険者でも手に入る代物であるはずだ。レベル２０００超えのウルゾットルであれば手に入れることは容易《たやす》いだろう。

「ハッハッ！」

ウルゾットルは端然と座ったまま、二又の尾をブンブンと振っている。知性はそれなりに高いはずだが、言葉は通じるのだろうか……？

「カ、カナタさん、無理はしないでくださいね？　ポメラみたいに、魂を持っていかれますよ」

ポメラは俺からやや離れたところで、俺とウルゾットルを見守っている。

「いえ、ポメラさんもちょっと魔力を抜かれただけだと思うのですが……」

ポメラが倒れた後、ウルゾットルに舐められると最悪魂を持っていかれるらしいと教えたのだが、あれですっかり脅《おび》えてしまったらしい。黙っておいた方がよかったかもしれない。

……いや、ウルゾットルが危険なのは間違いないのだし、さすがに黙っておくわけにはいかないか。

「き、牙、あんなにおっきい……怖い……」

フィリアもフィリアで、どうにも犬が駄目らしく、依然ポメラの背にしがみついて震えている。

そもそもゾロフィリアとして俺と戦ったときのように、《夢の砂》を使って四人の俺に化けて叩けば、間違いなくフィリアの方が強いはずなのだが……。

「フゥ……」

ウルゾットルが残念そうに彼女達を眺め、尾を垂らした。寂しがり屋らしいので、彼女達とも仲良くしたいと思っているのだろう。

「あの、ウルゾットルさん、お願い事があるのですが」

ウルゾットルは俺へと目線を戻した後、瞼《まぶた》を閉じてぷいっと横を向いた。あ、あれ……？

「ウルゾットルさん？」

目を瞑《つぶ》ったまま露骨に欠伸《あくび》をして、座っていた姿勢を崩して床に寝そべった。

え、あれ？　な、なんで……？

「えっと、ウルゾットルさん……」

ぱたんと三角の耳が閉じた。俺の言葉を聞くつもりはない、明らかにそういうポーズだった。

「何か、失敗したでしょうか？」

俺はポメラへと向いて相談した。ポメラが恐る恐る俺へと近づこうとして、フィリアにぐいぐいと裾を引かれていた。ポメラは眉根を寄せ、困った表情を浮かべる。

ひとまず機嫌を取ってみよう。俺はウルゾットルの頭を撫でてみた。

「フゥ……」

ウルゾットルは声を漏らすが、すぐに口を閉じる。尾が地面を這《は》うようにそろりそろりと揺れていたが、目を向けるとピタリと動きを止めた。

何か気に食わないことがあって、わざと拗《す》ねているようにも思える。俺が額に手を当てて考えていると、ポメラが「あっ！」と声を出した。

「あっあの、もしかしたら、呼び方じゃないですか？」

「呼び方……？」

確かにウルゾットルさんと呼んでから、露骨に不機嫌になった気がする。ウルゾットルはただの種族名だ。そのまま呼ぶのはあまりよくなかったか。

それに……見かけに依《よ》らず、人懐っこい性質のようだ。余所余所《よそよそ》しいのはあまり好きではないのかもしれない。

「ウル、お願い事があるのですが……」

ウルゾットルは俺へと顔を上げると口を開き、また激しく尾を振り始めた。随分と嬉しそうだ。

「フッ、フッ！」

……ウルゾットルは外観は怖いが、思った以上に中身は犬だった。

「ユグドラシルから、《精霊樹の雫》をもらってきてほしいのですが、できますか？」

「クゥ」

ウルゾットルは座った姿勢になり、こくこくと頷《うなず》いた。

おお、動きに迷いがなかった。やはりウルゾットルであれば、《精霊樹の雫》を手に入れることは難しくないのだ。よかった、これで《神の血エーテル》の素材が集まる。

「では、ウルにお願いしたいのですが……」

俺が言うと、ウルゾットルはじっと物欲しそうな目で俺を見つめる。

やはり、ただというわけにはいかないのだ。《アカシアの記憶書》にも『彼らとの交渉を経て手に入れることができる』と記載されている。《精霊樹の雫》は精霊界でもそれなりに貴重なアイテムなのだ。

持ってきてもらうには、何らかの対価を払わなければならないのだろう。

お金、じゃ駄目だよな……。やはり無難なのは食糧か。

何にせよ一度街に戻って調べ直した方がよさそうだ。ガネットは《精霊樹の雫》を持ってはいなかったが、きっと見たことくらいあるはずだ。自分に知識がなくとも、詳しい人物くらい教えてくれるかもしれない。

ルナエールなら絶対知っているはずなのだが、次会えるのがいつになるやらわかったものではない。俺はマザーの亡骸《なきがら》の前で顔を合わせたときのことを思い出し、はあと息を吐いた。次こそは、どうにか逃げられないようにしなくては……。

しかし、ようやく最後の必須素材が見つかるかと思ったが、もう少し時間が掛かりそうだ。

「……ん?」

ウルゾットルはごろんと横になり、お腹を俺へと晒した。それからチラッ、チラッと俺へと目をやる。俺は屈んで、ウルゾットルの青白いお腹を撫で回してやった。

「クゥン、クン！　クゥン！」

ウルゾットルが心地好《よ》さそうな声を上げる。

二十分ほどそうしてじゃれ合っていただろうか。ウルゾットルは急にしゃきっと立ち上がると、光に包まれてその姿を消したのだ。

少し時間を置いてから再度召喚すると、口に大きな袋を咥《くわ》えて姿を現した。俺を見ると袋を口から落とし、ブンブンと尾を振る。一応《アカシアの記憶書》で調べてみたが、確かにこれが《精霊樹の雫》のようだった。

対価、お腹を撫でることでいいのか……？　つ、次は、肉なり何なり用意しておいてあげよう……。

4

ウルゾットルから無事に《精霊樹の雫》を入手した俺達は、魔法都市マナラークの宿へと戻っていた。宿の部屋に入った俺は、《神の血エーテル》の最後の素材を集めるべく《歪界《わいかい》の呪鏡》の世界に単身で挑み、高位悪魔を数体仕留めてから外へと出た。

「カ、カナタさん！　大丈夫ですか！」

俺の姿を見て、ポメラがあわあわと手を動かす。

「ケホッ、やられました。ちょっとハズレを引きましたね」

《歪界の呪鏡》の悪魔は手強《てごわ》い。本当に手強い。たまにこれまで見たこともない変わった性質を持つ悪魔が出てきたり、これまで確認していた上限レベルを余裕でぶち抜いていくような悪魔が出てきたりすることもある。俺でも未《いま》だに油断は禁物である。

「では、例の素材は手に入らなかったのですか？」

俺は魔法袋から巨大な瓶を出して手に抱えた。中には色彩豊かな、奇妙な臓物のようなものが詰まっている。目玉らしきものも浮かんでいる。

「脳髄を回収していたら、その隙を突いて死骸からこれが出てきたんです。いえ、本当に死ぬかと思いました」

俺は瓶の中の、黄色い螺旋《らせん》状の脳髄を指で示す。

「な、なるほど……無事に倒せたみたいで、何よりです……」

ポメラが引き攣《つ》った表情で頷いた。

「わぁっ！　ねぇ、カナタ、これ甘い？　甘い？」

フィリアが目を輝かせて尋ねてくる。

「う～ん、どっちかというと苦いですね」

「そっかぁ……」

フィリアが肩を落とす。確かに日本にはこういう子供向けの、カラフルなグミのお菓子があったような気もする。

「材料は足りているはずですし、早速錬金実験を始めてみましょう」

《神の血エーテル》の主材料は《高位悪魔の脳髄》に《精霊樹の雫》、《アダマント鉱石》である。錬金魔法による物質の変化を大幅に促進させる、究極の触媒である《夢王の仮面》もある。きっと

上手《うま》くいくはずだ。

「《異次元袋《ディメンションポケット》》」

俺は魔法陣を展開し、その中央に手を突き入れて、大釜やら、材料としてガネットに集めてもらっていたものやらを引っ張り出していく。

「い、今から作るのですか!?　ここで!?」

「他に場所もありませんから。大丈夫ですよ、《アダマント鉱石》を錬金したときのように、結界魔法を使います」

「前も結構危なくなかったですか……？　それに、それを使うのでしたら、前回よりもっと大変なことになる気がするのですが……」

ポメラが不安げに《高位悪魔の脳髄》の詰まった大瓶へと目を向ける。

「大丈夫ですか？　それ、何かに反応して大爆発したりしませんか？」

「しませんよ。脳みそですよ？」

「いえ、しかし……悪魔のあの出鱈目《でたらめ》加減を考えると、何が起こってもおかしくないのかなと、ポメラはそう思ってしまうのですが……」

「さすがにそういうものではありませんから。安心してください」

俺は苦笑した。ポメラは前回、《アダマント鉱石》を錬金した際に部屋が吹っ飛びかけたのを恐れているのだろう。あれは俺が究極の触媒《夢王の仮面》の扱いに慣れていなかったための事故だ。

予想を遥かに超える反応速度により、予期せぬ膨大な熱量が生じたのだ。

《夢王の仮面》は使い方次第で簡単に永久機関ができるのではなかろうか。俺には無理だが、ルナエールに見せればあっさり作り上げてしまうかもしれない。さすがはかつて世界に幾度となく戦禍を齎《もたら》した、錬金術師の夢のアイテムだ。

何にせよ《夢王の仮面》の尋常ではない威力は確認したので、もうあんな失敗を犯しはしない。

「フィリアちゃん、仮面お願いします」

「はーい！」

「ポメラさんは音を消す精霊魔法をお願いしますね」

「……わかりました、ポメラも共犯者になります。カナタさん、牢《ろう》までお供しますね」

ポメラが袖で涙を拭って口にした。

「だ、大丈夫ですよ！　別に、そう後ろ暗いことをするわけでもないのですから、そんなに覚悟を決めなくても……」

そのときドンドンと、乱暴なノックの音が聞こえた。俺とポメラは背を跳ねさせ、咄嗟に口を固く閉じた。フィリアだけが大きな瞳を瞬かせて「お客さん？」と呟いていた。

「カッ、カナタさん、どうしましょう！　くっ、口封じをするのですか？　見逃してあげてください！」

「お、落ち着いてくださいポメラさん！　別に後ろ暗いことをしているわけではありません。とりあえず、見られたらまずいものを片付けましょう！」

「なんだか矛盾していませんか……？」

別に悪いことをしているわけではない。しているわけではないが、《夢王の仮面》は何度も戦争を引き起こしてきた大戦犯アイテムであるし、《アダマント鉱石》も入手ルートを尋ねられたら説明のしようがないし、《高位悪魔の脳髄》なんて言語不要の一目見てヤバイとわかる代物だ。全部人目につかないに越したことはない。

俺は床を蹴って素早く《高位悪魔の脳髄》の詰まっている大瓶を手にした。その瞬間、部屋の扉が雑に開かれた。

山羊《やぎ》の仮面が現れた。重鎧《じゅうがい》の上に黒い外套《がいとう》を纏っている。

「いるならばいると、とっとと返事をせよ。我がわざわざ忙しい中、様子を見に来てやったのだからな」

山羊の仮面をずらす。赤い模様の描かれた素顔が露《あらわ》になった。ロズモンドである。

彼女は呆れたようにそう口にした後、部屋の中を見回す。

「貴様……なんだ、そのきっしょく悪い臓物のようなものは？」

ロズモンドが、俺の手にした《高位悪魔の脳髄》に目を向ける。

「こ、これは、他国のお菓子なんです」

「趣味の悪い」

ロズモンドは眉を顰めてそう口にした。

ど、どうにか誤魔化せた……。俺は大きく息を吐いた。

その後、大釜やアイテムを全て《異次元袋《ディメンションポケット》》に回収した。

「きゅ、急に扉を開けないでください、ロズモンドさん」

「ならばとっとと返事をせよ。さっきも口にしたが、我も暇ではないのだ。そんな中、わざわざ貴様らに忠告するために、宿を調べて来てやったのだ。感謝こそされても、文句を言われる覚えはない」

ロズモンドはハンッと小ばかにしたように笑う。横暴な……と思ったが、ロズモンド、本当に忙しい中、わざわざ俺達の宿まで調べて、何か忠告するためだけに来てくれたのか。口振りが悪いのでつい反感を持ってしまったが、この人結構お人好《ひとよ》しなのではなかろうか。

「……それは、すみません。もてなしの準備もなくて申し訳ないです」

俺は頭を下げる。

「調子が狂う……」

ロズモンドが息を吐きながら額を押さえる。

「それで、忠告というのは……？」

「魔王騒動は片付いた。だが、今、このマナラークには不穏な風が再び吹き始めておる」

「不穏な風？」

「ああ、そうだ。そしてそれとは別に、貴様ら、何かやらかしたか？」

俺は顎に手を当てる。何か、まずいことをしただろうか。ウルゾットルとの契約は関係ないはずだ。あまりに嗅ぎつけてくるのが早すぎる。

「《軍神の手《アレスハンド》》だ。奴は異常に無口で、他者とほとんど関わりを持たん。都市の危機にもあまり関心を示さぬ。多くの富を抱えているはずだが、平時奴がどこで何をしているのかは謎が多い。表向きはタヌキジジイに従っているが、信用ならん人物だ。魔王騒動には一応出てきたが、どこまで本気だったのかは怪しいと我は睨んでいる」

「なるほど……」

《軍神の手《アレスハンド》》……コトネ・タカナシ。俺と同じ異世界転移者だ。しかし、それが俺にどう関係しているというのだろうか。

「《軍神の手《アレスハンド》》が貴様らについて調べ回っている。奴がここまで表立って自発的に動くのは本当に稀《まれ》なのだ。恨みでも買ったのではなかろうな？」

「コトネさんが、俺を調べてる……？」

まぁ、有り得ない話ではない。向こうも俺を同郷だと踏んでいるのだろう。

コトネが異世界転移者なのは、以前にロズモンドに確認済みである。久々に、少しは日本の話をしてみたいとでも考えているのかもしれない。

「そう心配しなくてもいいとは思いますけどね」

コトネが悪意を持って俺を探っているというのは、ロズモンドの考えすぎではなかろうか。マザーの配下である四姉妹の一人が都市へ襲撃に来た際にも、コトネは身体を張って戦っていたと、ポメラからそう聞いていた。同じ日本出身の彼女が俺に害意を持っているとは考えづらい。

「わからん奴だな。《軍神の手《アレスハンド》》は本当に人間嫌いなのだ」

ロズモンドが強く机を叩いた。

「純粋な力量では、まあ貴様らが勝っていようが……奴には何せ、あの得体の知れない能力がある。せいぜい不意打ちされんように気を付けることだ」

ロズモンドはフィリアをじろりと睨みながら口にする。フィリアが首を傾《かし》げて見返すと、ロズモンドはぶるりと背を震わせた。

「とっ、とにかくだ、《軍神の手《アレスハンド》》は隠れてキナ臭いこともやっているという噂《うわさ》なのだ。向こうが好意を持って調べている、なんてお花畑な考えはやめておけ。冷酷で奔放な奴だ。タヌキジジイが上手く制御しているが、それもいつまで持つのか怪しいところだ。せいぜい用心しておくがいい」

「……わかりました。ご忠告ありがとうございます、一応頭に入れておきますね」

同郷だから、と警戒を緩めていたのかもしれない。他の異世界転移者を手放しに信用するのは避けたほうがいいだろう。

何せ、全員《神の祝福《ギフトスキル》》持ちなのだ。コトネの《神の祝福《ギフトスキル》》である《軍神の手《アレスハンド》》は、それが武器でさえあれば、呪われていようと、レベル制限があろうと、十全に力を引き出して使うことができると聞いている。

手に入れた武器次第ではとんでもないぶっ壊れスキルになる。コトネを警戒する必要があるのは勿論《もちろん》のこと、他の異世界転移者も似たような《神の祝福《ギフトスキル》》持ちだとすれば、気を抜くわけにはいかない。

ただ、コトネはマザーの配下に明らかに後れを取っていた、という話だ。どれだけ高く見積もっても、レベル1000以下なのは間違いない。多分、今のポメラより少し上程度だろう。

「貴様とそっちの化け物は問題なくとも、ポメラ、貴様はそうではなかろう。気を付けることだ。《軍神の手《アレスハンド》》が害意を向けてくるとすれば、ポメラを人質に取りに来るかもしれんぞ」

「ポッ、ポメラを、ですか?」

ポメラがあたふたと腕を動かす。

俺は息を呑んだ。確かに、ポメラが単身でコトネに襲われれば、まだ太刀打ちはできないかもしれない。

「カナタ、貴様が頑丈だからと言って、あまり油断せんことだな」

「……でも、ここ半年ほど、冒険者業からは離れていたんですよね? あまり好戦的な人ではない印象だったのですが」

「要するに臆病なのだろう。だが、臆病といってもそう可愛げのある女ではないぞ。慎重で保身的なのだ。あの手の奴は厄介だ。臆病で冷酷な者は、自身の身を守るためならばどんな手段でも取ってくる。マナラーク最強の冒険者という位置付けにも、それなりに美味《おい》しい思いをしてきたはずだ。奴が警戒しているのは、カナタ、貴様よりもポメラかもしれんな」

「聖拳……」

ポメラが複雑そうな表情で呟いた。

「フンッ」

ロズモンドは、つい噴き出したというふうに笑った。ポメラからジト目を向けられ、何食わぬ顔で表情を戻す。

魔王騒動の際にフィリアが咄嗟に《夢の砂》を用いて巨大な腕を出して蜘蛛《くも》の魔物を倒したのが、ポメラの気迫のあまり彼女の腕が巨大に見えたのだという、なんとも頓珍漢な誤解をされてしまったのだ。それによってついた渾名《あだな》が聖拳ポメラである。

ロズモンドは聖拳ポメラ誕生の瞬間に居合わせていたらしい。一度フィリアに吹っ飛ばされたロズモンドは、真相に気が付いている様子であった。

今この都市最強の冒険者は、《軍神の手《アレスハンド》》のコトネから聖拳ポメラに替わっている。しかし、コトネはそのことを妬むような人間なのだろうか？

確かに、冒険者会議で見たときは、理知的であったが、無表情で冷たい印象があった。そこまで危険な人だとは思っていなかったが、長くこのマナラークにいるロズモンドが言うのだ。気を付けておいて損はない。

「霊薬の完成も近いし、ポメラさんのレベリングを急がないと……」

俺が呟くと、ポメラがぴくっと肩を動かした。何とも言えない表情を浮かべながら、大杖に抱き着いていた。

「ロズモンドさん、ポメラさんが気になって忠告しに来てくれたんですね。ありがとうございます」

俺が言うと、ポメラはきょとんとして自分を指差した。

「ポ、ポメラですか？」

ロズモンドは腕を組み、舌打ちをして顔を逸《そ》らす。

「チッ、以前同行した縁だ。それに貴様らのためではない。我が苛《いら》ついて、依頼に集中できんからだ」

な、なんだこの人、善意の塊か。

「コトネの件だけではない。貴様らがギルドに顔を出さずに遊んでいる間に、キナ臭い噂がいくつも出ている。冒険者ならばもっと情報に貪欲になれ、間抜けが」

「す、すみません……」

そういえばロズモンドは、コトネとは別にマナラークに不穏な風が再び吹き始めていると、そう口にしていた。

「それは、一体？」

「そこまで面倒を見きれるか。そんな義理もない、勝手に調べるがいい」

ロズモンドは呆れたふうに言う。

「で、ですよね……。なんにせよ、ありがとうございました。確かに冒険者としての心得だとか、警戒心だとか、最近薄れ気味だったかもしれません」

言葉はぶっきらぼうだが、俺達をあまり甘やかすのもどうかと思ったのかもしれない。冒険者ならば、自分で必要な情報は自分で集めろ、ということだろう。

「……昨日、妙な連中が都市に来たそうだ。武器を持っているが、冒険者の登録さえない。内一人は、旅人狩りとして手配書が出回っている男と似ていたと言う」

お、教えてくれるのか……。今の前置きはなんだったんだ。本当に俺達が情報を拾えるのか、不安になったのかもしれない。

「冒険者でさえないゴロツキが、わざわざ目立つように群れて、その上に武器を携えて都市を歩き回るなど、あまりに異常なのだ。よほど頭が悪いのでなければ、この都市で騒ぎを起こすつもりで、そのタイミングを見計らっているとしか思えん」

……確かに、それはキナ臭い。その噂が真実であれば、コトネよりもよっぽど警戒するべきだろう。

「その手配書の男は、レベル何百くらいなんですか？」

「……知らんが、三、四十くらいではないか？　あのな、レベル50を超えている犯罪者に似た男が出歩いていれば、もっと大騒ぎになるぞ」

「なるほど……」

ま、まあ、そんなものか……。S級冒険者のいる都市にわざわざ入り込んでくるのだから、もっと大物なのかと思ったのだが。

「……警戒して損したという顔をしておるな。薄《うつす》らと気づいておったが、貴様らは感覚がズレておる」

ロズモンドが息を吐いた。

「……やっぱり、そうですか?」

多分ずっと《地獄の穴《コキュートス》》でレベル上げをしていたせいだろう。最近は矯正できてきていると思っていたが、まだ擦り合わせきれてはいないようだ。

「ポ、ポメラも、纏められた……」

ポメラがやや心外といった表情を浮かべていた。

「不吉な噂はそれだけではない。また別件なのだが、どうやらこのマナラークの教会堂で、大きな事故が起こったそうだ」

「大きな事故……?」

「この街にはドアールという司祭がおるのだ。凄腕《すごうで》の白魔法使いで見聞が広く、出世と金に関心の薄い、そんな男だ。フン、陳腐な言葉だが、聖人という奴であるな。まあ、我は宗教ごとには疎いのだが、そんな我でもドアールはそれなりに尊敬してやっておるつもりだ」

「そのドアールさんの身に何かあったんですか？」

ロズモンドが頷く。

「実はマナラーク内で恐ろしい呪いを帯びたアイテムが見つかり、ドアールが極秘で解呪に当たっていたらしい。だが、失敗し、教会堂の一部が吹き飛んだそうだ。その際に何か恐ろしいことが起こったらしく、ドアールは教会堂奥に引きこもって震えているそうだ」

「な、何が起こったんですか……？」

「わからん。本当だとすれば、都市に何らかの災厄が撒《ま》かれたのかもしれん。混乱を起こさないために情報を規制しているのか、それ以上の話はさっぱりだ。しかし、ドアールのいる教会堂の一部が突然吹き飛び、それについて教会が口を噤《つぐ》んでいる、これは紛れもない事実なのだ」

確かに、こうも様々な暗い噂が流れているのは異様だ。何かの機会を待つように武器を携えて徘《はい》徊《かい》する犯罪者に、防ぐことのできなかった呪いの暴発。このマナラークに何か、悪い風が吹き荒れようとしているのかもしれない。

5

ロズモンドが宿を出て行ってから、俺とポメラ、フィリアは錬金実験を再開した。しかし、惜しいところまでは行ったのだが、後一歩及ばなかった。

「材料が今一つ足りない感じですね……」

俺はルナエールからもらった本を読みながら、そう零《こぼ》した。

元々、正規の素材は集めきれないと踏んで、大半を代用品で賄う予定であった。《夢王の仮面》で錬金魔法による変化を大きく促進できるのでごり押しができるとはいえ、行き当たりばったりが多いので、どうしても実験を進める内に不足しているものが見えてくる。

しかし、これで足りない分はわかった。Ａランク以上の高価なアイテムが必要なわけではない。ガネットに相談すればそう苦労せずに手に入るだろう。

問題はそのための資金だ。既に俺はガネットに頼んで、有り金分の《アダマント鉱石》の素材を掻《か》き集めてもらっている。《アダマント鉱石》の素材の調達には時間が掛かるためだ。

追加で買いたいものを買ってしまうと、いざ素材が見つかったときに購入できませんとなりかねない。それは避けたい、さすがに避けたい。

「ガネットさん経由で適当な伝説級アイテムを捌《さば》けると金銭面に余裕ができるのですが……」

たとえば《高位悪魔の脳髄》はかなり高い値がつくはずだが、《歪界の呪鏡》のお陰でいくらでも手に入る。あれは霊薬以外にも何かと使い道はあるはずだ。

「ちょっとガネットさんに心労が増えそうですね……」

ポメラが引き攣った表情でそう口にした。

……確かに、そうなるか。ガネットは俺が言えば、まずいと思ってもそのまま無理して通してくれそうなイメージがある。それに急に山ほど《高位悪魔の脳髄》を手に入れても使い道に困るだろうし、部下にも説明できないだろう。

「とにかくガネットさんに相談してみますか。《精霊樹の雫》なら買い取ってくれるかもしれません」

《精霊樹の雫》も《神の血エーテル》の量産に必要なものだ。できれば手放したくはない。だが、今は大量に作るための貴重な素材のストックよりも、錬金の成功例が欲しいのだ。それが完成しなければ前へは進めない。一部をガネットに売り渡すのも充分視野に入る。《精霊樹の雫》も気軽に扱える代物なのかどうか怪しいラインだが、他のアイテムに比べればマシだろう。

そうして俺はポメラ、フィリアと共に、ガネットがいるであろう《魔銀《ミスリル》の杖》へと向かった。四角柱の時計塔、《魔銀《ミスリル》の杖》を見上げる。

ガネットは多忙だ。冒険者ギルドのマスターでもある。こっちにいるといいのだが、と思っていると、見覚えのある人物が出入り口から姿を現した。

軽鎧《けいがい》に薄いローブを羽織った、黒髪の少女だ。表情は乏しく、酷《ひど》く冷たい目をしている。まるで人形のような雰囲気を纏っている。俺は息を呑んだ。ロズモンドとの話に出てきたコトネ・タカナシであった。

コトネもガネットとかなり親交が深いようだった。彼に会いに来ていたのかもしれない。しかし、ロズモンドにコトネが俺を探っているという話を聞いてから、こうもいきなり遭遇するとは思わなかった。心の準備ができていない。

「カ、カナタさん、少し、別の場所に行って時間を潰しますか？　このままだと顔を合わせてしまいます」

「……大丈夫ですよ。別に、彼女が俺達に悪意を持っていると決まったわけでもありません。それに、あちらに何か思惑があったとしても、こんな明るい内に堂々と仕掛けてくることはないはずです。真っ直《まっす》ぐ行きましょう」

来たら来たで、わかりやすくて結構だ。向こうに悪意があるのであれば、早めに確認しておきたい。レベル差があるので身体能力で後れを取ることはないはずだが、特定条件でレベル差をひっくり返せるような武器があってもおかしくはない。警戒はしておくべきだろう。

「そ、それもそうですね」

ポメラは緊張しているらしく、スー、ハーと大きく深呼吸を始めた。

「あまり力まない方がいいと思いますよ。不審がられるかもしれませんし」

「ほら、ポメラ、笑顔、笑顔ー！」

フィリアが満面の笑みをポメラへ向ける。

「善処します……」

ポメラは自身の頬を押さえながら、自信なさげにそう言った。

ふと、コトネと目が合った。睫《まつげ》の長い目が瞬く。完全に俺を捉えていた。

「カ、カナタさん、見ています、ポメラ達の方を見ていますよ……」

ポメラがぐいぐいと俺の袖を引っ張る。

フィリアが笑顔で手を振ったが、完全に無視されていた。フィリアは拗ねたように唇を尖《とが》らせる。

俺は小さく頭を下げた。一応、冒険者ギルドで顔を合わせた仲だ。会釈くらいはしておいた方がいいだろう。

コトネは会釈を返してはこなかった。だが、こちらへと真っ直ぐに向かってきていた。ポメラがおろおろして俺とコトネを交互に見る。

「どどっ、どうしますか、カナタさん！　やっぱり、逃げた方がいいんじゃ……」

「……大丈夫ですよ、行きましょう。ただ、こっちの方向に用があるだけかもしれませんし」

俺達も真っ直ぐ《魔銀《ミスリル》の杖》へと向かった。

コトネと擦れ違う。俺はまた、小さく頭を下げた。向こうは表情さえ変えず、素通りしていく。

何事もなかった。ほっと安堵の息を洩《も》らしたところで、コトネの足が止まった。俺は警戒し、背後の気配へと集中する。

「ガネットならいない。今日、明日は冒険者ギルドにいる」

俺も立ち止まり、コトネを振り返った。

「……ご親切にありがとうございます。以前、冒険者会議で顔を合わせたコトネさんですね」

コトネはポメラ、フィリアを見て、その後俺へと目を戻した。

「カナタ・カンバラ。貴方《あなた》と話したいことがある。《魔銀《ミスリル》の杖》なら、まず盗み聞きされない部屋が取れる」

……何かの、交渉か？　もしかしたらロズモンドが言っていたように、罠《わな》なのかもしれない。いや、向こうも異世界転移者である俺を警戒していて、単に実力や素性を確認しておきたいだけなのかもしれない。なんにせよ、仕掛けてきたということは、彼女の考えを暴く好機だ。

「……いいですよ。本当はガネットさんに相談したいことがあったのですが、彼が忙しいとなると今日の予定はなくなってしまいますから。行きましょうか、ポメラさん、フィリアちゃん」

俺の言葉を聞き、コトネは首を振った。

「来るのは貴方一人」

「…………」

やはり、何かの交渉か？

単に異世界転移者であるという話をしたいだけなら、別にポメラとフィリアに明かしてしまっても俺は構わない。俺はこれまで特に彼女達に異世界から来たということを明言してはいなかったが、二人を信頼している。それに、どの道コトネにはバレているようだった。

「俺は二人がいた方が、都合がいいかもしれませんが」

「そう、ダメなら結構」

コトネは俺達から顔を逸らし、歩き始めた。一対一でなければ話す気がないらしい。

「わかりました。そちらの条件で結構ですよ」

コトネは振り返って俺へ目を向けると、《魔銀《ミスリル》の杖》へと歩き始めた。

「ついてきて」

俺はポメラ、フィリアへと顔を向ける。

「少し行ってくるよ。先に宿に戻っておいてくれ」

「だ、大丈夫ですか、カナタさん。これ、明らかに罠なんじゃ……」

「俺は大丈夫ですよ。フィリアちゃん、ポメラさんを守ってあげてくださいね」

フィリアが胸を張る。

「フィリアに任せて！　フィリア、ポメラ守るっ！」

俺とポメラを引き離して、その間に部下を使ってポメラに何かを仕掛けてくる、ということも考えられないわけではない。俺は息を整え、コトネの背を追いかけて歩き出した。

6

《魔銀《ミスリル》の杖》の中の会議室を借り、俺はコトネと長机の端で一対一で向かい合っていた。壁には厳かな絵画が飾られており、ケースに壺《つぼ》や宝石が飾られている。

大きな品のいい、木彫りの椅子が長机の中央に置かれていた。最高責任者のガネット用なのかもしれない。

しかし、こんな部屋まで借りる必要はあったのだろうか。広い部屋の隅にぽつんと二人きりなので、なんとも居心地が悪い。こんな部屋を簡単に借りられるあたり、さすがS級冒険者といったところか。

コトネから何か切り出すのかと待っていたが、腕を組んだまま一向に口を開かない。なんだ、何か試されているのか。彼女はいつもの冷たい目で、俺を値踏みするようにじっと見ていた。

もしかしたら《ステータスチェック》系統のスキルではなかろうか。或《あ》いは時間を稼いで、その間にポメラ達に何か仕掛けるつもりなのかもしれない。さっさとこっちから話した方がよさそうだ。

「……こんな部屋を使わなくても、よかったんじゃないですか？」

俺は壁へ目を向ける。模様に紛れて魔法陣が刻まれている。《魔銀《ミスリル》の杖》の会議室だけあって、防諜《ぼうちょう》対策が施されているのだろう。

しかし、それだけだろうか。壁自体が強化されていれば、内部で戦闘が起こっても外に漏れない、そんな効果があるかもしれない。俺の問いには、コトネが戦闘を視野に入れているのかを探る意図があった。

「………………」

コトネはしばし沈黙する。その間、眉一つ動かさない。ポーカーフェイスはルナエール以上だ。

駆け引きでは分が悪い。

「率先してここを勧めてきたのはガネットの部下。ガネットは、少しでも私に貸しを作りたがっている」

コトネはそう口にする。

「……なるほど」

俺もガネットからよくそういう印象を受ける。S級冒険者であるコトネに対しても同じような態度なのだろう。そう考えれば筋は通っている。

「私も極力話は外に漏らしたくない」

「本題に入ってもらっていいですか？　俺を調べていたそうですね。あなたが同じ転移者なのは知っていましたが、それで何か、気になることが？」

「話が早くてありがたい。その関係で大事な話がある」

転移絡みで、重要な話……？　ナイアロトプの姿が頭を過《よぎ》った。

連中は俺達に何かしらの干渉を行っているようだった。その関係で何か話があるのかもしれない。

だとすれば、人払いを徹底しているのも頷ける。

異世界転移絡みだとすれば、コトネも対立の意図があって出てきたわけではないかもしれない。

コトネは人間嫌いの性分だと聞いている。それでも俺との接触を試みてきたのだから、自分一人ではどうにもならない問題だと判断したのだろう。

「貴方、こちらに来てからどれくらい？」

「まだ浅いです。恐らく、コトネさんに比べればかなり。それが、どう関係あるんですか？」

「そう、やっぱり……」

コトネはそう言うと目を閉じて腕を組み、しばし沈黙した。何かを迷っているようだった。話すか否か、というよりは、どう切り出すべきか悩んでいるようだ。

コトネの中で答えが出たのか、キッと目を見開く。表情は乏しいが、今までの冷めた目とは違い、熱が込もっていた。

「……漫画雑誌、ステップは知ってる？」

「はい……？」

俺はコトネの問いに、思わず首を傾げて訊《き》き返す。

漫画雑誌ステップは知っている。週刊で発行しており、バトル漫画やラブコメ漫画など、少年を主要層にした漫画を連載している雑誌だ。だが、老若男女問わず人気が高く、日本で一番の漫画雑誌である。

「えっと、知っていますが、それが何か……」

コトネが握り拳を作って机を叩き、前のめりになって顔を近づけてきた。俺は身の危険を感じ、咄嗟に腕を構えた。

「『ＢＥＲＵＴＯ』は？」

漫画のタイトルだ。近未来風の世界で、見習い忍者ベルトが仲間と共に国のために戦い、成り上がっていくストーリーである。

「……か、完結しました。一年くらい前に」

コトネが更に前傾して腕を伸ばし、俺の肩をがっちりと摑んだ。思わず「ひっ！」と悲鳴が漏れた。無表情で冷めた人という印象だったが、何がこの人をここまで駆り立てるのか。

「……教えて。私はもう、こちらに来て三年になる」

「はい……？」

……それから四時間近くに渡って、《魔銀《ミスリル》の杖》の会議室を用いた漫画談議が始まった。

どうしてこうなったのか。コトネの読めなかった『ＢＥＲＵＴＯ』の大筋の説明は半刻程度だったが、その後も一向に解放されなかった。細かく尋ねられ、その後自然と好きなキャラ談議に移行し、最終的には何故《なぜ》か一方的に考察を聞かされていた。

俺は掛け時計へと目をやった。多分、そろそろポメラも本気で心配しているはずだ。まさか、あの流れから四時間もがっつり話し込むことになるとは思っていないだろう。俺も思っていなかった。

「最後まで読みたかった……」

コトネは悲しげにそう零し、椅子に背を預ける。

……しかし、この人、こういう感じの人だったのか。ロズモンドが長々と話してくれた人物評価が、ここまで見事に外れるとは思っていなかった。

いや、ロズモンドのせいではなく、コトネの表裏の差が激しすぎるせいだろうが。俺も今日まで、外見の印象からクールで冷酷な人だと勝手に決めつけていた。

「そうですね……こちらの世界には、漫画文化がありませんからね。俺も、ちょっと残念です」

俺が笑いながら言うと、コトネはガバッと身体を跳ねさせ、前傾姿勢になった。

「残念？」

「えっ？」

「漫画がないの、残念？」

「ま、まぁ、はい」

俺はコトネの勢いに若干の恐怖を覚え、曖昧に答えた。

「……実は、その、私、描いてるの」

コトネは咳払《せきばら》いを挟み、少し躊躇《ためら》う素振りを見せてから、顔を赤らめてそう口にした。

「え、漫画、ですか」

「なければ、私が広めたらいい」

つ、強い……。もしかしてこの人、冒険者業を半分引退していたのはそのためだったのか。

「その……全然、本当にまだ絵も上手くない。けれど……もし、貴方さえよければ……」

「ぜひお願いします。楽しみにしていますね」

俺が笑いかけると、コトネも口許《くちもと》を綻ばせた。

また《魔銀《ミスリル》の杖》の会議室を借りて話をしようと約束し、今日は解散することにした。確かに漫画トークはこの世界の住人の前ではちょっとできそうにない。コトネはいつか漫画をこの世界で発表するつもりだが、自信がつくまでは隠しておきたいようだった。外に広まる心配のない《魔銀《ミスリル》の杖》の会議室は丁度いいかもしれない。

こんなに長くなるとは思わなかったし、色々と意外だったけれど、俺も久々に元の世界の話ができて楽しかった。まさか、こっちで漫画雑誌ステップについて語れる人が現れるとは思っていなかった。

「あまり探るつもりもないけれど、貴方もナイアロトプから《神の祝福《ギフトスキル》》を？」

椅子を戻しながら、コトネはそう尋ねてきた。漫画談義の前に出るべき話題だったのではなかろうかと、俺は少し苦笑した。

「……実は、相手の機嫌を損ねてしまったみたいで、何ももらえませんでした」

コトネは眉尻を微《かす》かに下げる。

「そう……そんなことが。だから、マナラークに蜘蛛の化け物が現れたとき、貴方だけいなかった」

コトネは合点がいったように小さく頷く。

「いえ、そういうわけではないのですが……」

「既に心強い仲間が二人いるみたいだけれど、もし困ったことがあれば、私を頼ってくれて構わない。あの変わった力を使う子には及ばないけれど、私も腕に覚えはある。同郷として力を貸す」

コトネはフィリアに気づいていたようだ。

困ったこと、と言われて一瞬金銭の問題が頭を過ったが、俺は首を振ってその考えを捨てた。S級冒険者であれば金銭に余裕はあるだろうが、その考え方はさすがによろしくない。頼めばアイテムを買い取ってくれるかもしれないが、この調子だとコトネもあまり高価なアイテムは必要としていなそうだった。無理に引き取ってもらうより、ガネットに頼んだ方がまだいいだろう。

「ありがとうございます。俺も、力になれそうなことがあれば手をお貸ししますね。転移者同士、助け合っていきましょう」

7

カナタが《神の血エーテル》の素材を探して《魔銀《ミスリル》の杖》へと向かっていたとき、建物の屋根より彼を観察する人影があった。無論、ルナエールである。

ルナエールは屋根に浮かび上がっている魔法陣の中心に立ち、遠くを歩くカナタ一行をじっと見つめている。

この魔法陣は《無色の影《カラーレスサイン》》という結界魔法であり、存在感を弱める力があった。結界の外の人物は、結界の内側で起きていることに関心が持てなくなるのだ。他の人が屋根の上に立つルナエールを見つけても、無意識の内にどうでもいいことだと判別してしまい、気に留めることができなくなる。

ただ、この魔法の効力は相手の意識によって大きく左右される。たとえば明らかにおかしいとわかる珍事であれば完全に関心を削《そ》ぐことはできないし、対象がルナエールのことを捜していれば《無色の影《カラーレスサイン》》に隠れることはできない。あくまで存在感を弱くするだけなのだ。

「ヨッ、主。ストーカー、程々ニナ」

ルナエールの背後に、すっとノーブルミミックが現れた。ルナエールは《無色の影《カラーレスサイン》》に隠れていたつもりであったため、急に声を掛けられてびくりと背を震わせた。

「ノ、ノーブル！　ちっ、違います、私は今、少し散歩していただけですから！　《穢《けが》れ封じのローブ》だけでは、目立ってしまうのです。別にカナタを見ていたわけではありません」

ルナエールは顔を赤くしながらノーブルミミックへと弁明する。

「ソウカ。ナラ、ソウイウコトニシテオクカ」

ノーブルミミックは含みのある言い方をした。

「そ、それにしても、よく私を見つけられましたね。《無色の影《カラーレスサイン》》の中で息を潜めていたので、大雑把に捜して見つけるのは困難であったはずですが」

「主ノ居場所、ワカラナクテモ、カナタノ周囲ヲ捜セバ、ソレデ済ムカラナ」

ルナエールはジトッとした目でノーブルミミックを睨みつけた。だが、実際にそれで居場所を

絞って見つけられている以上、反論することもできない。

「と、とにかく、ノーブルが無事で良かったです。あのドアールという男に連れていかれてから、今まで連絡が取れませんでしたからね。どうやって逃げてきたのですか？」

「デキレバ騒ギニシタクナカッタカラ、タダノ宝箱ノ振リヲシテ、生臭司祭ノ目ガナイ時ニ逃ゲルツモリダッタンダガ……チョイト失敗シテナ」

「失敗……？」

「アア、食糧庫ヲ漁ッテイタラ、アノ生臭司祭ニ見ツカッチマッタ」

「何をやっているのですか……」

ルナエールが呆れたように零す。食糧庫を漁《あさ》る時間があるのであれば、ドアールの許から逃げる時間も充分にあったはずである。

「ソレデ、壁ブチ破ッテ逃ゲテキタ。アノオッサン、顔真ッ青ニシテ、小便漏ラシナガラ座リ込ンデタゼ。久々ニ、ミミックラシイコト、ヤッチマッタナ」

ノーブルミミックが笑いながら口にする。ルナエールは呆れて額に手を置いて目を閉じ、ゆっくりと首を振った。

「可哀想《かわいそう》に……いえ、あの男の言動を思えば、自業自得なのかもしれませんが」

ルナエールの脳裏に、ウキウキした様子でノーブルミミックを運び出させていたドアールの姿が過った。あのときのドアールは、まさか食糧を好き勝手に漁られた上に、壁に大穴を開けられることになるとは思っていなかったはずだ。

「シカシ、早メニ合流デキテ良カッタ。主一人ダト、何ヤラカスカ、ワカッタモノジャナイカラナ」

ノーブルミミックはやれやれというふうに、蓋の上部を揺らした。

「勝手に保護者気取りにならないでください。別に私は、そんな突飛な真似《まね》をした覚えはありません」

「主……本気カ？」

ノーブルミミックは唖然《あぜん》とした。

ルナエールはこれまでカナタの一挙一動に一喜一憂し、拗ねて唐突に帰ると言い出したり、話したこともないポメラを目の敵にしたり、高位精霊を使って会話を盗み聞きしたり、挙句の果てにはストーカーしているのがバレてフィリアに攻撃して逃げ出したりと、彼女の奇行を挙げればキリがないくらいであった。ルナエールに自覚がないならば、ノーブルミミックが一層身体を張って彼女のブレーキを踏む必要があった。

「大丈夫ダ、主。イザトイウ時ハ、主ガ世界ノ敵ニナラナイヨウニ、オレガ止メテミセルカラナ」

ノーブルミミックの脳裏には、《人魔竜》ルナエールの手配書が浮かんでいた。本当にルナエールはカナタ絡みになればそれくらいのことを仕出かしかねない。少なくともノーブルミミックにはそう思えて仕方なかった。

「……ノーブル、私のこと、馬鹿にしていませんか？」

その後、カナタがコトネと接触した。張り詰めた空気の中、二人が《魔銀《ミスリル》の杖》へと入っていく。

「ホウ、転移者同士ッテワケカ」

「あの人、どこか剣呑《けんのん》な雰囲気でした。あまりいい話を持ってきたとは思えません」

「突然攻撃ヲ仕掛ケテクルヨウナコトハナイダロウガ……」

「会話が拾えなかったのが痛いですね。やはり、今後はメジェドラスを使った方がいいかもしれません」

メジェドラスは布を被《かぶ》った鳥のような姿をした高位精霊で、時空の狭間《はざま》を行き来してその姿を完全に隠すことができる。ルナエールは一度、メジェドラスを用いてカナタとポメラの会話を盗み聞きした前科があった。

「……アノ精霊ハモウ使ウナ」

それからルナエールは　カナタとコトネが出てくるのを待った。一時間待っても出てこない。二時間、三時間経《た》っても出てこなかった。

「ノ、ノーブル、やっぱり、乗り込むべきでしょうか？　カナタが、今どんな目に遭わされているのか……」

「ムニャムニャ……ヘヘ、良イモン食ッテルジャネェカ、生臭司祭……」

そわそわするルナエールの横で、ノーブルミミックは鼻提灯《はなちょうちん》を膨らませて鼾《いびき》をかいていた。ルナエールは無表情で、ノーブルミミックへと人差し指を向ける。

「《超重力爆弾《グラビバーン》》撃ちますよ」

ノーブルミミックはびくりと跳ね起きた。

「シ、心臓ニ悪イカラ、ソノ脅シ、ヤメテクレ」

カナタとコトネが《魔銀の杖《ミスリル》》に入ってから四時間が経過した。ようやくカナタとコトネが入り口の扉より並んで出てきた。

「ヒトマズハ無事ソウダナ。良カッタジャネェカ、主」

カナタとコトネは楽しげに談笑している様子だった。《魔銀の杖《ミスリル》》に入ったときと比べて明らかに打ち解けている。ノーブルミミックは嫌な予感を覚え、さっと己の隣へ目をやった。

ルナエールは死んだ目でコトネを睨みつけ、ぴんと伸ばした人差し指を彼女へと向けていた。

「落チ着ケ主ィ！　《超重力爆弾《グラビバーン》》ハ駄目ダ！」

ノーブルミミックはルナエールの腕に舌を巻き付け、下ろさせた。

「……いいですね、あの子は。カナタと同郷ですからね。積もる話もあるでしょうし、この世界でも有数の理解者だと互いに認識しているのかもしれません。私だってカナタの故郷の世界を目にしてみたいですが、それは絶対に叶《かな》わないことですから」

ルナエールは魔法陣の上で三角座りをして、顔を伏せた。

「イ、イヤ、チョット打チ解ケタダケダロ？　ソンナ警戒シナクテモ……」

ルナエールが顔を上げ、指の腹を噛んだ。白い皮膚が破れ、血が流れる。

「……しばらく、あの子を観察してみましょう。何をするつもりでカナタに纏わりついているのか、確かめないわけにはいきません」

「ヤッパリ、早メニ合流デキテ良カッタ……」

ノーブルミミックは心の底からそう口にした。

第二話■《血の盃》

1

コトネとの密談から一日、俺はポメラ、フィリアと並び、冒険者ギルドへと向かっていた。

コトネからガネットが今日冒険者ギルドにいることは聞いている。今日こそは《神の血エーテル》の素材の売買についての相談をしたい。

「……カナタさん、昨日、コトネさんと何を話されていたのですか？」

「い、いえ、大した話ではありませんでしたよ。同郷の方でしたから、少しばかり話が盛り上がっただけです」

そう誤魔化すと、ポメラは訝《いぶか》しむように目を細める。

「少しばかりって……あんなに長時間でしたのに。ポメラ、凄《すご》く心配したのですよ？」

「と、とにかく、悪い人ではなさそうでしたから……。ロズモンドさんは、誤解をしていただけだと思いますよ。コトネさんは、寡黙な人ですから」

そう自分で言った直後、漫画雑誌について熱弁するコトネの姿が頭を過《よぎ》った。

寡黙な人……寡黙？

「昨日一日で随分と親しくなられたみたいですから、確かに怪しい人ではないのかもしれませんね。ですけど、ロズモンドさんもああ言っていました。ポメラは、信頼しすぎるのも危険だと思いますよ」

ポメラは少し頬を膨らませており、不機嫌そうな様子であった。

……怒るのも無理はない。あれだけ緊迫した状況で数時間放置して、普通に談笑していただけでした、なのだから。

それに勝手に話すわけにはいかないのでコトネの趣味については伏せているのだが、俺が隠し事をしているのをポメラは何となく察している様子であった。ポメラにとってはコトネに人祓《ばら》いされた理由もほとんど謎のままであるし、俺への不信感や苛立《いらだ》ちが生じるのも仕方がない。

「すみません……せめて、コトネさんに敵意がないとわかった時点で、連絡を取るべきでした」

ポメラは口をへの字に曲げ、足を速めて俺を追い抜いた。

「別に、怒ってるわけじゃないです！　ポメラが怒る理由もありませんから！」

フィリアが先を行くポメラの背を見上げる。

「……ポメラ、怒ってる」

俺はフィリアの手を引き、ポメラの後を追い掛けた。

冒険者ギルドに着き、受付で職員へと声を掛けた。

「ガネットさんはこちらにいらっしゃいますか？」

「ガネット様ですか？　ガネット様は多忙な方ですから……あの、面会のご予約はされていますか？」

「や、やっぱりそういうの、必要ですよね……」

ガネットは《魔銀の杖《ミスリルのつえ》》の幹部であり、同時に冒険者ギルドのギルドマスターでもある。この都市マナラークの心臓部のような人物だ。この調子だと会うこと自体が難しそうであるし、コトネに取次いでもらった方がよかったかもしれない。

「ガネット様は、特に今日は忙しいのです。王都からの使者を出迎える用事が……」

そのとき、冒険者ギルドの受付奥の階段から、一人の大柄な男が、転がるような速さで下りてきた。ガネットである。ガネットが床に着地すると、周囲の職員が驚いて足を止めた。

ガネットは細めた鋭利な目で周囲を素早く見回す。俺を発見するといつもの温和な笑みを浮かべ、何事もなかったかのようにこちらへ向かってきた。

「おお、これはこれはカナタ殿と聖け……」

ガネットは思いっきり聖拳と言いかけたが、ポメラのしかめっ面を見ると、ゴホゴホと咳《せ》き込んだ。

「……ポメラ殿に、フィリア殿」

ポメラの表情が、すっと元に戻った。こ、この人、一瞬でポメラが聖拳扱いされるのを嫌がっているると見抜いて、言い換えた。対人スキルが恐ろしく高い。

「ど、どうも、ガネットさん……」

「以前頼まれておった《翡翠竜《ひすいりゅう》の瞳》がどうにか纏《まと》まった量が手に入る目途がつきましたので、儂《わし》から報告しようと思っていたのです」

「ガネット様、この後に大事な用事があるのでは……？」

職員がガネットの言葉を遮る。ガネットは職員を掌《てのひら》でぐいっと押し退《の》けた。

「わかっておる！　まだ時間はあるわ！」

……ほ、本当に、今来てよかったのだろうか？

「あの、また後日でも構いませんので……」

「いえいえいえ、カナタ殿。大した用事ではありませんので、ご安心を」

王都の使者だとか聞こえた気がするのだが……。一大事なのではなかろうか。

ガネットに言われるがままに、受付奥の職員室へと通された。

「ガネットのお髭《ひげ》、面白い！」

相変わらず、フィリアはガネットの髭にきゃっきゃと手を触れている。

「フィ、フィリアちゃん、それは本当に失礼だから！」

俺が止める中、ガネットはフィリアが触りやすいように頭を下げていた。

「ほっほ、フィリア殿、このようなジジイの髭でよろしければ、切り取って持ち帰っても構いませんぞ」

「……本当にガネットさんに時間を取ってもらって、よかったのでしょうか……？」

ポメラが不安げに俺へと尋ねる。俺も不安しかないが、今更断るわけにもいかない。なるべく短く話を終えて、ガネットが本来の予定に取り組めるようにしよう。

「あの、ガネットさん……実は追加で手に入れたいものが複数ありまして、可能でしたらこちらもどうにか集めていただくことはできないかな、と」

「つ、追加で手に入れたいもの……ですか。な、なるほど……」

ガネットの笑顔が微《かす》かに引き攣《つ》った。

「……やっぱりお忙しいですよね？」

「い、いえいえ！　おお、お時間さえいただければ！　このガネット、何竜の瞳であろうとも、必ずや手に入れてみせましょう！　《魔銀《ミスリル》の杖》の総力を挙げて！」

ガネットは腕に力を込め、大声でそう宣言した。……や、やっぱり、《翡翠竜の瞳》を大量に集めてもらうのに、かなりの負担を強いてしまっていたようだ。

だが、今回集めてもらうのは、《翡翠竜の瞳》のようなB級アイテムではない。細かい調整のためのもので、C級以下のアイテムばかりだ。

「この一覧にあるものなのですが……」

紙を渡す。ガネットは紙面に素早く目を走らせ、表情を和らげる。

「よかった……こ、これでしたら、お時間をいただかなくても手に入るでしょう。大半のものはマナラークで揃《そろ》いそうですので、部下に集めさせましょう」

心底ほっとしたようにガネットはそう言った。ただ、途中で表情を曇らせた。

「……しかし《翡翠竜の瞳》といい、発注量が随分と多いですな。取り合わせも……その、なんだか不吉と申しますか。カナタ殿……こちらで一体、何をお作りに？」

「言っておいた方がいいですかね」

自身の顔が強張《こわば》るのを覚えた。《神の血エーテル》は、どう考えても素直に伝えない方がよさそうなのだが。

「いえいえ、とんでもございません！　余計な詮索をしましたな」

ガネットは即座に自身の疑問を打ち切った。いつも思うが、この人、物分かりが良すぎる。

「ただ、こちらの追加分の代金が足りるかどうかが不安でして」

「気にせずとも結構でございますよ、カナタ殿。ポメラ殿に支払われた魔王リリーの討伐報酬は四千万ゴールドでした。しかし、これはリリーの推定レベル４００と、マナラークに及んでいたであろう被害規模を考えると、かなり低いものなのです……。仮に魔王リリーが被害を出した後で存在が公知されておりましたら、王族からの援助もあり、討伐報酬は十億ゴールドにも及んでいたでしょう」

「じゅっ、十億!?」

思わず声が出た。レベル400の魔王で、十億ゴールドも支払われる可能性があったのか。

「ええ、ええ。《翡翠竜の瞳》の代金をいただくのも心苦しいくらいでございます。ですから、細かいお代など気にしないでいただければ」

……というか、リリーは魔王ではない。リリーはマザー四姉妹の末女で、上に三女マリー、次女メリー、長女ドリーが控えていた。そして魔王マザーはレベル1000近くだった。

「……あいつら、そんなにヤバかったのか？」

俺は口を押えながらそう漏らした。

「どうかなさいましたかな、カナタ殿？」

「い、いえ、なんでもありません」

しかし、十億ゴールド払われるかもしれなかったとはいえ、それはあくまで王家が事態を重く見た場合だ。実際にはそうはならなかったのだ。ガネットに甘えて一方的に負担を強いるような真似《まね》はしたくない。

そう考え、《精霊樹の雫《しずく》》のことが頭を過った。やっぱり、これを少し買い取ってもらえないか相談してみよう。

「ガネットさん、代金の足しになればと持ってきたものがあるのですが、査定してもらえませんか？」

俺はガネットにそう切り出した。無論、《精霊樹の雫》のことである。

ガネットにあまり迷惑を掛けたくはないし、貸しを作りたくもない。買い取ってもらえそうなら《精霊樹の雫》を買い取ってもらい、今回の仕入れ分の代金に充ててもらおう。

「ほう……？　一体それは何なのですか？」

「《精霊樹の雫》です」

俺が言うと、ガネットは目を丸くした。

「なんと……！　一部の上位精霊術師しか手に入れられない、あのアイテムを。ポメラ殿が巨大な精霊を使役していたという話は本当だったのですな」

俺の隣で、ポメラが複雑そうな表情を浮かべていた。……恐らくガネットの話は、フィリアがラーニョに《夢の砂》で造った始祖竜を投げつけて撃退したことから来ているのだろう。

「白魔法と格闘術に加えて、精霊魔法にも長《た》けているのですな。いやはや、重ね重ね、ポメラ殿には感服いたします」

ガネットが深く頷《うなず》く。ポメラは死んだ目で「はい……ありがとうございます」と答えていた。

「《精霊樹の雫》は、やっぱり貴重なものなのですか？」

ガネットが手に入れるのにそれなりに苦労している《翡翠竜の瞳》もB級アイテムである。《精霊樹の雫》はA級アイテムなので、まあ貴重なのだろうとは思うが、あまり実感が湧かない。

「ええ、ええ、勿論《もちろん》ですとも。何せ《精霊樹の雫》を手に入れられるのは、精霊界の巨大樹ユグドラシルに棲《す》むほんの一部の高位精霊達《たち》だけなのです。彼らと契約することは勿論、異界の民と心を通わせ、交渉して《精霊樹の雫》を得ることは、大変困難なことなのですよ。ポメラ殿は、その歳《とし》で《精霊樹の雫》を得られるとは……。精霊に愛されること、それ即《すなわ》ち世界に愛されること。本当に素晴らしい素質をお持ちだ」

ガネットはそう言って、ポメラに微笑《ほほえ》んだ。

「……ど、どうも、ありがとうございます」

ポメラは相変わらず複雑そうな表情で頷いた。

俺の頭の中で、腹を上にして寝転がっているウルゾットルの姿が浮かんだり消えたりを繰り返していた。

「《精霊樹の雫》は元々高い治癒効果を持っています。それに加えて、時代が進むにつれ、錬金魔法の進歩に伴って需要が高まり続けております。故に精霊の王も、気軽に他世界へ《精霊樹の雫》を持ち出さないように厳命しており、高位精霊達も昔のように気軽には持ち出せなくなっているそうなのです。儂も、喜んで買い取らせていただきますよ」

なるほど、確かに価値があるのは間違いなさそうだ。俺は魔法袋から大きな布の袋を取り出した。中にはウルゾットルの持ってきてくれた《精霊樹の雫》の一部がなみなみと入っている。量に換算して三リットルくらいだ。牛乳用の水入れを市場で買ってきて小分けしたのだ。

「む、それは？」

ガネットが首を傾《かし》げる。

「これがその品ですよ」

「その品とは……？」

ガネットが額に皺《しわ》を寄せる。

「え？　いえ、ですから、これが《精霊樹の雫》です」

「むむ、それが？　それ全てが、《精霊樹の雫》なのですか？」

「はい」

俺は頷く。

ガネットが逆方向に首を傾げる。その直後、目と口を大きく開き、椅子から崩れ落ちた。

「ガネットさん！　しっかりしてください！」

「そ、そそっ、その大袋に雑に詰め込まれた液体全てが《精霊樹の雫》なのですか!?　しっ、信じられません……」

ガネットは震える指先で《精霊樹の雫》を示した。

「落ち着いてください。何に、そんなに驚いているんですか？」

《精霊樹の雫》はそれなりの精霊術師であれば手に入れられるアイテムであるはずだ。ガネット自身がそう口にしていた。実物を前に、ここまで腰を抜かす理由がわからない。

「カッ、カナタ殿、儂は遠い昔、レベル１００を超える精霊を有する精霊術師にお会いしたことがあります。それでも、コップ一杯の《精霊樹の雫》を得るのに、とても苦労すると語っておりました。とはいえ、それだけの量でも八百万ゴールド以上の値がつくものなのですが……」

俺は自分の腕で抱えている、巨大な水入れへと目線を落とした。……これ、ちょっとウルゾットルとじゃれただけでもらった一部なんだけど。

「本当に、何かで薄めたものではないのですか……？　失礼を承知で口にさせていただきますが、精霊の王の厳命を無視してこれだけの量を集められる精霊が存在するとは、儂にはどうにも信じられません。ポメラ殿……一体、何と契約してしまったのですか……？」

ガネットが恐々と口にする。

……レベル400のリリーでさえ、国家レベルの危機になりかねないと騒がれていたのだ。レベル2000超えのウルゾットルだと、その域になってしまうのか。レベルでいえば、一瞬で魔王マザーでさえ嚙《か》み殺せてしまう。

俺の脳裏に、あの空に近い鮮やかな青色の大型犬が、二又の尾を激しく振っている姿が浮かび上がっていた。

ウルゾットル……そんなに凄い奴《やつ》だったのか。この量を持ってきたのはまずかったかもしれない。

「す、少し開けてみてもよろしいですかな？」

「ええ、どうぞ」

ガネットは《精霊樹の雫》の匂いを嗅ぐ。

「たた、確かに、本物のように思えるが、しかし……しかし……！」

「確認に時間が掛かりそうでしたら、しばらく預けておきます」

「そんな気軽に！　カナタ殿、それに《魔銀の杖《ミスリル》》としても、これだけの量を儂だけの判断で買い取ることはできないのです……。確かに本物であれば、《魔銀の杖《ミスリル》》としては、一滴でも多く欲しい一品ではあるのですが……ここ、この量は、さすがに予想外でございました」

ガネットは血走った目で《精霊樹の雫》を見つめ、ムムムと唸《うな》っていた。

「相場以下でも大丈夫ですし、必要な分だけ買い取っていただいても問題ありませんよ」

俺としても、必要量に対してウルゾットルがたっぷりと持ってきてくれたので持て余しているのだ。持ってきた分を売って、それで気兼ねなく足りない素材を買い集められるのであれば、それに越したことはない。

「ひ……ひとまず保留ということで、この《精霊樹の雫》が本物かどうか、鑑定させていただいてよろしいでしょうか？　こちらのリストにある素材は、儂が責任を持って集めさせておきますので」

「では、それでよろしくお願いいたします」

そのとき、応接室にノックの音が響いた。ガネットが扉へ目を向ける。

「なんだ！　今は重要な話を……」

「ガネット様、コトネさんが来ております！　そろそろ準備をしなければ、まずいかと！」

職員のようだ。ガネットはコトネと聞き、表情に焦りを見せていた。今日、ガネットは忙しいという話であった。

「ガネットさん、お忙しいところすみませんでした。では、俺達はこれで帰らせていただきます」

「あ、慌ただしくて申し訳ございませんな……」

しかし、コトネの名前が出てきたのは意外だった。王都からの使者が来る、というふうに聞いていたのだが。コトネも何らかの形で関与しているのだろうか。……さすがに、漫画関係だとは思えないが。

2

俺はポメラ、フィリアと共に応接室を出て、冒険者ギルドを後にした。

「……あの、もしかしてあれ見られたの、結構まずくないですか？」

「大丈夫……だと思いますよ、ポメラさん。不安がないわけじゃないですが、ガネットさんは色々と空気を読んでくれる方ですから……」

ガネットは本当に優秀な人だ。俺達があまり悪目立ちしたくないのでガネットに頼りきりになっていることは向こうも理解してくれている。あれこれと尾鰭《おひれ》をつけて話を広めるようなことはしないはずだ。

ふとそのとき、風変わりな連中が目についた。青地に金の模様が施された、金属の鎧《よろい》を纏った三人組である。男が二人に、女が一人だった。ただの冒険者にしては妙に身なりがいいし、何よりも格好が統一されている。

「なんでしょう？　あの方達は」

「ポメラ、聞いたことがあります。あの青鎧……国の最大戦力、王国騎士団の方達ですよ」

なるほど、だとすれば、あの三人が王都からの使者だということか。ポメラの言葉には緊張感があった。

ただ王城に仕える兵士、というわけではないだろう。この世界にはレベルがあり、個人の戦闘能力に大きな差がある。国の最大戦力である王国騎士団は、人の身にして災厄のような力を得た《人魔竜》への対抗戦力でもあるはずだ。三人とも、きっと一般冒険者とは比べものにならない力を秘めているのだろう。

「……しかし、なぜそんな人達がマナラークに？」

ただの使者ならば、騎士でなくてもよかったはずだ。貴重な人員を割くだけの理由があるのではなかろうか。

「全く、なぜ我々が荷物運びなど、このような雑務を？」

暗い緑色の髪をしたおかっぱ頭の騎士が、溜《た》め息《いき》交じりにそう言った。

「万が一を考えてのことだ。王は心配性なのだよ。くだらん任務なのは俺も承知している」

隻眼の大男がそう返す。四十歳くらいに見える。三人の中では年長者であり、きっとリーダー格なのだろうと思えた。

「マナラークは王都に次いで発展していると聞いていましたが、フフ、こんなもんっすか。半分観光のつもりでしたけど、時間の無駄でしたね」

紫髪の女が口にする。任務にあまり熱心でないことを隠そうともせず、大きな声でそんなことを喋《しゃべ》りながら歩いていた。身なりこそ整っているが、あまり柄のいい連中とは思えなかった。

「あまり関わらない方がよさそうですね」

俺が小声で言うと、ポメラは小さく頷いて同意した。だが、俺達のすぐ近くで、声を荒らげた人物がいた。

「俺達を馬鹿にしているのか！　騎士様とはいえ、黙ってはおれんぞ！　何がそう劣っているというのだ！」

赤ローブの派手な男が、騎士三人組へと近づいて行った。

……マナラークの人間は、排他的で外部の人間には冷たい者も多いと、以前ガネットから聞かされたことがあった。要するに地元愛が強いのだ。国内でも有数の大都市であるため、誇りがあるのだろう。

隻眼の大男が面倒そうに肩を竦《すく》めた。紫髪の女は八重歯を見せて笑い、前へと出た。

「あなた、冒険者のランクはいくらっすか？」

「しっ、C級冒険者だが、それが何だというのだ！」

次の瞬間、女は前に跳んで赤ローブの顎を蹴り上げた。

「がっ！」

倒れた赤ローブの頭を踏んで地面に固定し、抜いた剣で頭部を突《つつ》く。

「あえて言うのなら、冒険者の質っすかね？　あなた、王都じゃ万年D級の落ちこぼれっすよ？マナラークなんかの生まれでよかったっすねぇ」

「ひっ、ひいっ！」

赤ローブの男は地面を這《は》って離れ、よろめきながら走って逃げて行った。女はその背を眺め、ケタケタと笑っている。

「武器の杖、忘れてるっすよ？　ダッサァ」

残された杖を踏み付け、先端の水晶を砕いた。

ほ、本当に関わらない方がよさそうだ。街中で平然と剣を抜くような連中とまでは思わなかった。

「……フィリア、あの人達嫌い」

フィリアが頬を膨らませて彼らに向かって行こうとしたので、俺は慌てて彼女の手を摑《つか》んだ。

「フィッ、フィリアちゃん、好きになれない相手には、自分から関わるべきじゃないよ」

男二人は、女の蛮行に特に口出しすることもない。

「冒険者ギルドはこの近くのはずなんだが、見当たらんな。ベネット、お前は以前来たことがあるのではないのか?」

隻眼が言えば、おかっぱは肩を竦める。

「僕だって、前に任務で通りかかっただけですよ」

俺がフィリアの腕を引いてそそくさとその場を去ろうとしていると、おかっぱ頭のベネットが俺達を指差した。

「おい、そこのお前、冒険者ギルドまで案内しろ」

俺はがっくりと頭を下げた。逃げそびれた。

「すみません騎士様、急ぎの用事がありまして。向こうの通りに行けば、冒険者が集中している大きな建物がすぐにわかるかなと……」

「僕達はもっと急ぎの用事がある。誰の命令で急いでいる? こっちは、王命で動いてるわけだけど」

ベネットは目を細めて俺を睨《にら》みつける。……精一杯の抵抗を見せたが、無駄だったか。これ以上食い下がらない方がいいだろう。

「……案内させていただきます」

「ほらな、大した用事じゃなかった。最初から素直にそうしておけばいいんだよ」

ベネットに二度肩を叩《たた》かれた。俺が愛想笑いを浮かべていると、フィリアがベネットを睨んだ。

「何か文句があるのか、お嬢ちゃん? 言っておくけど、僕、ちょっと大人げなくてねぇ。お嬢ちゃん相手でも容赦しないかもしれないよお？」

ベネットが薄ら笑いを浮かべ、フィリアへ顔を近づける。

フィリアが顔を赤くし、腕を構えようとした。俺とポメラは真っ青になって、慌ててフィリアの身体《からだ》を押さえた。

「お、抑えてフィリアちゃん！　お願いだから！　お願いだから！」

「そそっ、そうです！　後でポメラが、お菓子買ってあげますから！」

フィリアが本気で何かをしたら、大惨事になりかねない。王国騎士が強いとはいえ、フィリアの最大レベルは３０００超えである。

「ハッ、従順な兄ちゃんに免じて、今回だけ許してやろう。ほら、早く案内しろ」

フィリアの身を心配したわけではなく、ベネットがミンチになるのを庇《かば》ってやったのだが、本人がそれを知ることはなさそうであった。

ベネットに従い、彼ら三人を冒険者ギルドまで案内することになった。何も起きなければいいが……。

「お前ら、冒険者だろ。何級だ？」

騎士三人組を案内中、ベネットが声を掛けてきた。

「C級冒険者ですが」

俺が答えると、ベネットがニヤリと笑って隻眼男に目配せする。

「ハッ、こんなのがC級だって。やっぱりマナラークは駄目だな」

「……カナタさん、フィリアちゃん押さえるの、やめていいですか？」

ポメラがムッとした表情で声を潜めてそう言った。

「適当にやり過ごしましょう、適当に」

冒険者ギルドが見え始めてきた。ベネットが顔を上げて「ああ、あれか」と呟《つぶや》いた。

「おらっ、もう結構だ」

ベネットは手のひらで宙を掃いて、俺達に離れるように指示を出した。……最後まで気に障る態度ではあったが、特に揉《も》め事《ごと》もなく案内を終えることができた。

そのとき、走ってきたみすぼらしい恰好《かっこう》の男が、隻眼の騎士とぶつかった。隻眼の騎士は咄嗟《とっさ》に剣の鞘《さや》で防ぎ、男を地面へと受け流す。男はその場に転倒した。

「この俺に飛び掛かってくるとは、いい度胸だ。何をそんなに慌てているんだ、おう？」

隻眼の騎士は、剣の鞘で男の背を押さえつける。ああ、最後の最後で揉め事かと、俺は溜息《ためいき》を吐《つ》いた。

そのとき、近くを歩いていた別の女が、唐突に隻眼の騎士の背にナイフを突き立てた。一瞬何が起きたのか、俺にもわからなかった。隻眼の騎士は呻《うめ》き声《ごえ》を上げた後、鞘がついたままの剣を振り回して女を弾《はじ》き飛ばした。

街中に悲鳴が響き渡った。周囲の人達が一斉に逃げていく中、武器を構えた集団が俺達を取り囲んだ。数は十人だった。

「や、やられた！　クソ！　毒ナイフだ！」

隻眼の騎士が、地面に膝を突いて吠《ほ》える。どうやらぶつかってきた男が気を引き、女が機を窺ってナイフを刺す算段であったらしい。

「おいおい、ザル過ぎるだろマナラーク！」

ベネットが顔に皺を寄せて吐き捨てる。だが、その様子にこれまでの余裕はない。

「いいじゃないっすか。私は、退屈な任務よりこういうのを待ってましたよ」

紫髪の女が好戦的に笑い、剣を構えた。

「カ、カナタさん、これって……」

ポメラがおろおろと周囲へ目を走らせながら、俺へと尋ねる。

「……騎士狙いみたいですね」

俺は先日のロズモンドの忠告を思い出していた。

『昨日、妙な連中が都市に来たそうだ。武器を持っているが、冒険者の登録さえない。内一人は、旅人狩りとして手配書が出回っている男と似ていたと言う。冒険者でさえないゴロツキが、わざわざ目立つように群れて、その上に武器を携えて都市を歩き回るなど、あまりに異常なのだ。よほど頭が悪いのでなければ、この都市で騒ぎを起こすつもりで、そのタイミングを見計らっているとしか思えん』

騎士がマナラークに来るのを知っていて、この都市で息を潜めて待っていたらしい。ロズモンドの話よりも遥《はる》かに規模が大きい。見つかっていた不審人物はごくごく一部に過ぎなかったということだろう。

「召喚魔法第八階位《炎の霊竜《フレアドラゴ》》！」

冒険者ギルドの屋上から叫び声が聞こえる。声の方へと目をやれば、ツンツンした赤髪の、包帯で顔を覆った三白眼の男が立っていた。

男の背に、赤い鱗《うろこ》を持つドラゴンが現れる。全長二十メートルはある。長い髭と鬣《たてがみ》があり、西洋のドラゴンより東洋の竜に近い。召喚されたフレアドラゴらしい。

「なっ！　A級指名手配の《火竜のドグマ》だと！」

ベネットが男を睨んで叫ぶ。

「ハハハハハァ！　さぁ、騎士様よぉ、オレらと遊んでくれや！」

男がフレアドラゴの頭に飛び乗る。フレアドラゴは俺達の方へと飛来しながら、大口を開けて大量の火の球を吐き出した。炎の球が舗装された地面を破壊していく。

「ぐおおっ！」

隻眼の騎士が、爆風に吹き飛ばされて転がった。

「うぐっ！　こんなもん直撃したら、命がねぇぞ……。速攻で本体を叩くしかない！」

ベネットは辛うじて炎弾を避け、《火竜のドグマ》へと向かっていった。

俺はポメラとフィリアの前に立ち、火の球を素手で払った。魔法ではないので《ルナエールローブ》の攻撃魔法遮断の対象外ではあったが、元より大した威力ではなかった。

第八階位であれば、大したレベルの精霊ではない。高く見積もってもせいぜいレベル100くらいだろう。

「さ、さすがカナタさん……」

「ポメラさん、騎士に加勢しましょう！」

気に食わない連中ではあったが、さすがにこうなったら話は別だ。変な目立ち方は避けるべきだが、マナラークにこんな連中を野放しにしておくわけにはいかない。

前後から二人の男が飛び掛かってきた。大したコンビネーションではあるが、速さはない。俺は手刀を振るい、二人の顎を突いた。

「うぶっ！」

二人の男がその場にひっくり返った。殺してはいないが、意識を奪った。大したレベルの相手ではない。

「炎魔法第七階位《紅蓮蛍の群れ《フレアフライズ》》」

ポメラの周囲に火の球が浮かび、地面へと落ちていく。火の球の爆風は地面を砕き、近辺の襲撃者を吹き飛ばしていく。

「お、お前ら、一体……？」

隻眼の騎士はその場に倒れたまま、唖然《あぜん》として俺達を見上げる。

「チィッ！」

紫髪の女が、俺達の近くに着地した。敵の刃に斬られたらしく、鎧が破損しており、身体にも生傷が走っている。フレアドラゴの炎球を受けたらしく、火傷《やけど》も負っていた。

……この様子だと、王国騎士のレベルもそれほど高くはないようだ。少なくともこの三人はA級冒険者と大差ないように思える。

紫髪の女は屈《かが》むと、隻眼の騎士の魔法袋を拾い上げた。

「これは、私が預かるっすよ」

「任せたぞ……俺は、もう駄目かもしれん……」

その後、紫髪の女は敵の間を抜けて逃げて行った。

騎士達はマナラークに何かを持ち込んだようだった。恐らく襲撃者の目当てもそれで、今の魔法袋の中に入っていたのだろう。

「たっ、助けてくれぇぇぇえええ！　誰かぁあああああっ！」

ベネットの悲鳴が響く。目を向ければ、ドグマの騎乗するフレアドラゴがベネットを咥《くわ》えて引き摺《ず》り、彼の身体で地面を削っていた。

「ヒャハハハハハハ！　オレをがっかりさせんなよ、騎士様よぉっ！　オラッ！　邪魔だ邪魔だ！　止められるもんなら止めてみやがれ！」

フレアドラゴが俺へと正面から向かってくる。ベネットの泣き顔が目についた。魔法攻撃はベネットを巻き添えにしかねない。

俺は《英雄剣ギルガメッシュ》を抜き、襲い来るフレアドラゴへと放った。フレアドラゴがバラバラになり、断片が《英雄剣ギルガメッシュ》の魔力に焼き尽くされていく。フレアドラゴの頭部が地面に叩きつけられる。

「オオォ、オオオオオ……」

苦しげに呻いていたが、光に包まれて消えていった。俺は接触した瞬間に左腕で担いで保護していたベネットを、地面へと下ろした。

「ヒハ、ハハハハハハ……」

背後から力ない笑い声が聞こえる。フレアドラゴから振り落とされたドグマが転がっていた。腕や足が折れ、出鱈目《でたらめ》な方向に曲がっている。

「おま、え……強すぎだろ……」

ドグマは意識を手放したらしく、白眼《しろめ》を剝《む》いて動かなくなった。

まだ事態は呑《の》み込めていないが、どうにか襲撃者は片付いた。

3

「白魔法第四階位《癒しの雫《ヒール》》」

ポメラが隻眼の騎士と、おかっぱ騎士ベネットの治療を行った。

「……大丈夫ですか？」

ベネットも隻眼の騎士も、かなり手酷《てひど》くやられていた。外傷はひとまずは癒えたが、精神的な負担も大きいはずだ。

「な、何がC級冒険者だ……高位精霊を正面から斬りやがって……」

ベネットは白眼を剝いて気絶したままのドグマを見て、そう呟いた。

隻眼の騎士はまだぐったりしている。意識はあるし、既に命に別状はないはずだが、毒ナイフでかなり体力を消耗させられたようだ。

「だが、言っておくが、僕らとて、正々堂々であればこの程度の相手に後れは取らなかった。不意打ちされて崩れ、その後の戦いの展開が悪かっただけだ。多少腕が立つのは認めるが、お前達は警戒されていなかっただけだ。それに僕らは、敵の制圧よりアイテムの保護を優先する必要があった」

「はぁ、そうですか……」

「なんだその態度は！」

「素直にお礼くらい言えないのですか?」

ポメラも呆《あき》れた表情でベネットを眺めていた。

ベネットは倒れている襲撃者達を見て、舌打ちした。

「チッ、この様子、情報が大分前から漏れていたな。《火竜のドグマ》は、盗賊団《血の盃《さかずき》》の幹部だ」

騎士達はマナラークの冒険者に、何かアイテムを運びに来たようだった。《血の盃》とやらがそれを狙っていたようだ。

……しかし、冒険者ギルドに引き渡される前に騎士が襲撃を受けたということは、騎士が相当舐《な》められているのではなかろうか。実際、俺達が手を貸さなければ全滅も見えていたはずだ。

「だが、どうにか無事に撃退できてよかった。狙ってきた《火竜のドグマ》を逆に仕留めたとなれば、大した手柄になる。災い転じて福となす、だな。とっとと離脱したノエルと合流しなければ」

ノエルというのが、あの紫髪の女騎士だろう。さらっとドグマ討伐を自分の手柄にしていた。

……別に興味はないが、よくあれだけ手酷くやられておいて、そう言えるものだ。

「あの、妙ではありませんか、カナタさん? ギルドの近くなのに、全く冒険者の加勢が来ないなんて」

ポメラが不安げに口にした正にそのとき、冒険者ギルドの二階の壁が崩れるのが見えた。窓ガラスが割れ、中で交戦している様子が見える。

「襲撃はここだけじゃなかったのか！」

また別の方面から悲鳴が響いてきた。冒険者ギルドだけじゃない。《血の盃》とやらは、マナラーク全体を攻撃している。想定していたより遥かに規模が大きい。

だが、ふと疑問を覚えた。騎士達の運んでいたアイテムが目的であったのならば、マナラーク全体を満遍なく攻撃する必要はないはずだ。

その割には手際が良すぎる。考えなしの行動だとは思えない。……騎士のアイテム以外に、何か狙っているのか？

「う、嘘《うそ》だろ……？　《血の盃》は、王国中に散らばって活動しているはずだ。この規模……まさか、全員マナラークに集まっているというのか？　だとしたら、《火竜のドグマ》クラスの相手が、何人もいることになるぞ。いや……それだけじゃない、まさか頭領の《巨腕のボスギン》までいるのか？」

ベネットが呆然《ぼうぜん》と口にする。

俺は聞いたことはないが、《血の盃》というのはかなり厄介な組織であるらしい。このままだとマナラークが滅茶苦茶《めちゃくちゃ》になりかねない。

「……ポメラさん、二手に分かれましょう。フィリアちゃんと共に、重傷者の治療と、襲撃者の撃退に向かってください」

攻撃が広範囲であるならば、俺達が散った方が被害を抑えられる。ポメラのレベル上げをまだ再開できていないのが不安だが、今のレベルでも充分マナラーク最強格ではあるはずだ。

「わっ、わかりました！」

ポメラが頷く。

冒険者ギルドにはコトネがいる。コトネのことも心配だが、彼女はS級冒険者である。他の個所《かしょ》を回った方がよさそうだ。

俺が走ろうとしたとき、ベネットに足を摑まれた。

「ま、待て、C級冒険者！」

俺は反応が遅れ、地面を軽く蹴ってしまった。俺に引き摺られる形で、ベネットが地面を転がった。

「おぶっ！　おばっ！」

「す、すみません、悪気はなかったんです」

俺は慌ててベネットの傍《そば》に向かい、彼を起こした。

「……こうなると、魔法袋を持って離脱したノエルが心配だ。きょ、協力しろ」

俺はベネットから顔を逸《そ》らしてその場から離れようとした。ベネットは素早く俺の後ろ足にしがみつく。

「待て待て！　な、なんだ、この僕に頭を下げろというのか！　僕は騎士だぞ！」

「……別にあなた達を助けたくて《血の盃》の鎮圧に向かうわけじゃありませんから」

「あ、あれが犯罪組織の手に渡ると、本当に大変なことになる！」

「大変なこと……？」

ベネットが目を細め、深刻な表情を浮かべる。

「ああ、僕の騎士団における出世が未来永劫《みらいえいごう》なくなる。親から見放され、家督も継げなくなる。長男なのにだ」

もしかしてふざけているのか？　俺は今度こそこの場から立ち去ろうとしたが、ベネットが腰に抱き着いてきた。

「わわ、悪かった！　協力してくれ！　協力してください！　《赤き権杖《けんじょう》》は、悪用されたらとんでもないことになるアイテムなんだよ！」

俺は少し考える。確かにアイテムのことは気に掛かるし、何より今は情報が欲しい。襲撃者達についても俺は詳しくないのだ。

「……わかりました。ノエルさんとの合流に付き添いましょう」

「ごっ、合流までなのか？　その後はどうしろというんだ！　マナラークから逃げても、《巨腕のボスギン》が追いかけてきかねないんだぞ！　考え直せ！」

なんでこの人、ここまで卑屈に上から目線になれるんだ……？

「そのときの状況次第で判断させていただきます」

「よ、よし、よく譲歩した！　仕方ない、今はその条件で勘弁してやろう」

いつまでベネットと行動を共にしなければならないのだろうかと、俺は溜息を吐いた。できれば、適当に情報だけ引き出して解散したいところだ。

ベネットと共に、ノエルを捜してマナラークを駆ける。

「《赤き権杖》……僕らが王族の命により、《軍神の手《アレスハンド》》に渡すためにマナラークへと運んできたアイテムだ」

ベネットの話によれば、《赤き権杖》はかつて異世界転移者が持ち込んだアイテムであるらしい。持ち込んだのは、三千年前に五体の最高位魔王からなる連合《悪夢の呪祭》を撃ち破った四人の英雄の一人であると言い伝えられているそうだ。

だが、本来であれば、杖に封じられている大精霊と契約しなければその力を発揮することはできないのだという。

「《軍神の手《アレスハンド》》の装備条件を無視するスキルがあれば、かつての伝説の異世界転移者以上に《赤き権杖》を使い熟《こな》せる可能性があるとの見解が、宮廷錬金術師達の間で出た。魔物災害への対抗策として、《軍神の手《アレスハンド》》にこのアイテムを下賜することになったというわけだ」

「なるほど……」

それでコトネもギルドに呼ばれていたわけか。納得がいった。確かにコトネのスキルであれば、装備次第で本人のレベルを遥かに超える力を出せる。

この世界では魔物災害で国が消えることも珍しくないのだという。王族も国内の戦力強化に苦心していることだろう。

「……あれ、でもそれだと、悪党の手に渡ってもそこまで危なくないのでは？」

ベネットは連中の手に《赤き権杖》が渡れば一大事だと口にしていた。しかし改めてベネットから聞けば、《赤き権杖》を使い熟せるのはコトネただ一人のようだ。

それに、コトネがどの程度扱えるのかも定かではない。確かに王国が得られるはずであった潜在的な戦力の損失に繋《つな》がるので、一大事だといえないこともないが、すぐに大きな事件が起きるというわけではなさそうだ。

「何を言うか、このC級冒険者め！　僕の出世がなくなるだろうが！」

「……ベネットさん、やっぱり置いて行っていいですか？」

ベネットから聞ける情報はもう引き出せたような気がする。俺一人の方がずっと速く移動できるし、ベネットは戦力としてもあまり期待できそうにない。どこかで致命的に足を引っ張ってくれそうな気がしてならない。

「そ、それだけではないぞ！　《血の盃》がこれだけ準備を整えて襲撃に出たのが異様なのだ！」

「何が引っ掛かるんですか？」

「《赤き権杖》は扱えなければただの飾りだ。確かに伝説の魔術師の杖、飾りでも充分な価値はあるが、王国中に散っていた《血の盃》が結集して狙ってくるには動機が薄い。《血の盃》は盗賊団だが、決してただのゴロツキ集団じゃない。金に困って犯罪に手を染めた連中じゃない、生粋の略奪者共だ。A級冒険者に匹敵する実力者を何人も抱えている」

確かに、この世界でA級冒険者相応の力があれば、よほど散財しない限り生活費に苦しむことはないだろう。仕事はいくらでも選べるはずだ。《血の盃》はその中で、略奪者となることを選んだ連中なのだ。

「特に頭領の《巨腕のボスギン》は、この王国内でも上から数えられるレベルの実力者だ。S級冒険者に匹敵するとされている。来るとわかっていれば、騎士団総出で出迎えたさ。奴までここにいるなら、マナラークは地獄になるぞ」

俺は息を呑んだ。A級冒険者レベルであればポメラでも苦戦はしないと考えていた。しかし、ボスギンと当たればその限りではなさそうだ。

俺も警戒しておいた方がいいだろう。S級冒険者は幅が広そうだ。今回ばかりは、同格以上との戦いも覚悟しなければならない。

「《巨腕のボスギン》は《血の盃》の組織力と相まって、いずれは《人魔竜》の一人として数えられるのではないかと噂《うわさ》されているくらいだ」

「じゃあ、心配いらなそうですね……」

俺は安堵《あんど》の息を漏らした。レベル400足らずのノーツでも《人魔竜》にカウントされていたので、きっとノーツより下なのだろう。

「お前、ふざけているのか？」

ベネットが眉間に皺を寄せる。

「とにかく……《巨腕のボスギン》がここまで熱心に《赤き権杖》を狙う理由がわからないんだよ。盗賊の頭が、英雄マニアというわけでもあるまいに。道徳心のないどこかの国の富豪に売るにしても、飾りにしかならない《赤き権杖》に出せる額は限られてくる」

連れてきた数十名の部下と報酬を分け合うことを思えば、確かに《血の盃》のようなそれなりに実力者揃いの盗賊団にとっては、あまり美味《おい》しい仕事ではなさそうにも思える。

「それはつまり、ボスギンが何らかの用途を見つけたかもしれない、ということですか?」

「あり得ない話じゃない。何せ、長らく宝物庫の奥深くに眠っていたアイテムだ。《赤き権杖》が悪用されたときの被害は想定さえできない。王国全土を巻き込む事態にだってなりかねない」

不可解な点は多いが、確かに万が一を考えれば《赤き権杖》を軽視はできない。確保を最優先事項にするべきだ。

それに、頭領のボスギンも《赤き権杖》を狙っていることだろう。《赤き権杖》を追えばボスギンとぶつかる可能性が高い。被害を抑えるためにも、ボスギンはなるべく早く仕留めておきたい。

「それに、僕の身も考えてくれ! 仮にこの一件が大惨事に繋がったら、僕だけじゃなく、僕の家まで大戦犯扱いでとんでもないことになる。わかるか?」

ベネットが必死の形相でそう口にした。あれこれ喋って、結局はそこなのか……。

「……そのことはわかりましたが、気が萎えるので何度も話さないでください」

「笑い事じゃない！　僕の家は代々王国騎士団なんだ！　僕が大失態を犯せば、父様まで騎士団を追われることになるだろう。想定外の事態ではあるが、そんなこと、最悪の結果になればどうせ考慮しちゃあくれないに決まっている。何としてでも《赤き権杖》だけは守らなければならないんだよ！」

俺はベネットの言葉を聞き流しながら、どこで彼を振り切ろうかと真剣に考えていた。

4

街の路地で、《血の盃》の一味と交戦になった。ベネットと敵の剣士が斬り合っている。

「犯罪者風情にしてはなかなかやるな、だが、それだけだ！」

打ち合いが続いた後、ベネットが素早く敵の懐に入り込む。反応が遅れた相手の男は、そのまま胸部を斬られた。

「さぁ、次はどいつが死ぬ？」

ベネットが俺を振り返る。

「もう終わりましたよ、ベネットさん」

俺の周囲では、六人の《血の盃》の剣士がその場に倒れていた。相手は七人だったのだが、流れで俺がその内の六人の相手をすることになっていた。

「え……ああ、そう……」

ベネットが戸惑い気味に剣を下ろす。

「そっ、そんなに強い奴ではなかったかもしれないな、うん」

「早く行きましょう、ベネットさん。ノエルさんと、彼女の持っていた《赤き権杖》が危ないのですよね？」

「………そうだな」

ベネットは剣を振って血を飛ばすと、鞘へと戻した。

「カナタ、だったか？　お前、なんでC級冒険者やってるんだ？　どこぞの貴族にでも口利きしてやろうか？」

「いえ、気楽にやっていければそれが一番なので」

「そうか……」

そのとき、ベネットが眉を顰《ひそ》め、建物を睨んだ。

「今、向こう側からノエルの悲鳴が微かに聞こえた！　回り込んで向かうぞ！」

「風魔法第三階位《風の翼《フリューゲル》》」

俺の身体を魔法陣の光が包み、風が身体を押し上げる。俺はベネットの肩を摑んで地面を蹴り、建物の屋根へと上がった。ベネットがよろめいて倒れそうになったので、身体を支えた。

「大丈夫ですか？」

「ひ、ひと声掛けてくれ！　最短距離で突っきれるのは助かるが、心の準備というものがある！」

屋根の反対側へと向かうと、広場だった。その中央の、木の板で雑に作られた十字架に、ノエルが磔《はりつけ》にされていた。

「ノッ、ノエル！」

ベネットが叫ぶ。ノエルの息はあるようだが顔に生気はなく、紫の髪がだらりと垂れている。荊《いばら》の蔓《つる》で手首と首を縛りつけられている。

そしてその十字架の前に、一組の男女が立っていた。

片方は半裸の男で、巨大な斧《おの》を担いでいた。頭には目の穴の開いた、黒い被《かぶ》り物《もの》をしている。大斧の刃は、紫の独特な輝きを帯びている。

もう片方は体中を包帯で覆った、黒髪の女であった。背が高く、二メートル以上ある。喪服のような印象の黒い簡素なドレスを着て、暗色のキャペリン帽を被っている。

「《処刑人バハル》に、《荊の魔女ヒーリス》！　二人共、A級冒険者相応の犯罪者だ！」

ベネットが顔を青くした。

「有名な人なんですか？」

「殺人鬼だ。わかっているだけで、二人合わせて千人以上殺している。組織につくような人間じゃないと思っていたが、《血の盃》とつるんでいたのは意外だった。特にバハルには、王国騎士も二人犠牲になっている。あの斧は猛毒の稀少《きしょう》鉱石を使っていて、他国の国宝だったものだ。掠《かす》っただけで致命傷になりかねない」

「ほほう、この《紫竜斧ヒドラ》のこと、よく知っているじゃないか」

バハルが俺達を見上げ、覆面の奥で笑った。

「仲間を甚振《いたぶ》れば、別の騎士も誘《おび》き寄せられると思っていたぞ。俺は貴様のような、偉ぶった騎士様って奴が嫌いでなぁ。見下ろされるのは嫌いだ、下りてこい小僧共」

バハルがノエルへと斧を向ける。ベネットの顔が険しくなった。

「……おい、カナタ、二対二で丁度いいと思わないか？　ヒーリスを頼む。バハルは、僕がやる。仇《かたき》でもあるからな」

「構いませんが……」

「気をつけろ、ヒーリスは、白魔法と死霊魔法の重ね掛けで、異様にタフになっているという話だ。そのお陰で、包帯の下は化け物になっているそうだが。自身の打たれ強さを活《い》かして接近戦を仕掛け、荊の蔓での拘束を狙ってくるはずだ。……加えて、詳しいことはわからないが、何か奥の手を持っている。押し付けるようで悪いが、下手したら《血の盃》の中でも一番厄介な相手だ。距離を取って粘れ、すぐに加勢に入る」

「ご忠告ありがとうございます」

「おいおい、俺ならまるでどうとでもなるかのような言い方だな？　お坊っちゃん共に教えてやろう、本物の地獄というものをな」

バハルが大斧で地面を叩いた。

俺は前に出て、屋根を蹴って飛び降りた。

「お、おい、僕とタイミングを合わせろ、馬鹿！　二人掛かりで狙われるぞ！」

ベネットが慌てて背を追いかけてくる。

「格下相手に野暮な真似をするものか」

バハルがベネットの言葉を嘲笑《あざわら》う。

俺が着地した瞬間、これまで静止していたヒーリスが襲い掛かってきた。人間というより、魔物のような雰囲気を纏っている。一切の人間らしさを彼女から感じられない。

異様に手の指が長いことに気が付いた。捲《めく》れた包帯の下が、赤黒くなっている。

「土魔法第六階位《悪意の荊《マリス・ソーン》》」

ヒーリスの嗄《しわが》れた声が響く。俺目掛けて、黒い無数の荊の蔓が伸びてきた。

「おいカナタ！　接近を許すなと言っただろう！」

ベネットが叫ぶ。

だが、《ルナエールローブ》は、十階位以下の攻撃魔法に対する完全耐性を持つ。黒い蔓は、俺に触れた瞬間に勢いを失って萎《しお》れていく。ヒーリスが動揺し、足を止めた。

「敵の言葉を信用するなんて、馬鹿なんじゃないのか？　こんな隙を晒《さら》すとは、やはりガキだな。小僧、これが殺し合いというものだ」

俺の背後で、バハルが大斧を振るっていた。俺は黒い蔓を摑んで引っ張り、身を翻す。引き寄せたヒーリスの身体で大斧の刃を防いだ。

「ガァッ！」

ヒーリスの背に、バハルの大斧の刃が喰《く》い込む。

「なに……？」

続けて武器を動かせなくなったバハルの側頭部を軽く蹴り上げた。バハルの手から大斧が離れ、彼の身体が転がっていき、広場に設置されていた竜の彫像をぶち抜いた。彫像の残骸がバハルの背骨を砕く。

遅れて俺の背後に、ベネットが降り立った。無表情でバハルとヒーリスを見つめていた。

ヒーリスはタフだと聞いていたので起き上がるかと思ったが、特にそういったことはなかった。掠っただけで致命傷になりかねないという《紫竜斧ヒドラ》の毒は、しっかりと効果があったようだ。

「すみません、流れで。別に問題ありませんよね」

俺はベネットを振り返る。ベネットはしばらくぼうっとバハルとヒーリスを交互に見ていたが、やや間を置いて、俺へと視線を戻した。

「カナタ……お前、騎士団に来ないか？」

「そういうのにはあまり興味がないので」

その後、磔にされていたノエルを無事に下ろすことができた。怪我《けが》は酷《ひど》いが、ポメラと合流さえすればどうにでもなるはずだ。ベネットがポーションを飲ませると、ノエルが意識を取り戻した。

「う、うぐ……べ、ベネットさん？」

「無事でよかった。敵の規模が大きいとわかって、心配して一直線に飛んできたんだ」

「ありがとうございます……助けてくれたんっすね」

「……まあ、僕はあんまり活躍してないけど」

ベネットが小声で付け足していた。

「と、《赤き権杖》はどこにあるかな？」

「アレは……魔法袋ごと、ボスギンらしき男が持って行ったっす……」

ノエルが力なく答える。ベネットがその場にへたり込んだ。

「う、嘘だろ……？　も、もうお終《しま》いだ……ごめんよ、父様……」

……どうやら、かなり面倒な事態になっているようだ。既に《赤き権杖》は《血の盃》の頭領の手に渡っていたらしい。目的を果たしたため、もうマナラークから去ってしまっていてもおかしくはない。

ベネットがはっと気が付いたように俺を振り返った。

「カ、カナタ！　いや、カナタさん！　頼む、《赤き権杖》を取り戻すのに力を貸してくれ！　なあ、僕達の仲だろ？　まだ逃げたボスギンに追いつけるかもしれない！　お前と僕で掛かれば、ボスギン相手でもなんとかなるはずだ！」

「……俺達、仲良くなるようなことありましたっけ？」

「ひ、非礼は詫《わ》びる！　だから……！」

「悪いですが、今の惨状のマナラークから離れるわけにはいきません。都市から離れれば見つけられるとも限りませんし、それに、この都市には世話になっている方も多いですから。ここからは別行動にしましょう」

俺が提案すると、ベネットはがっくりと肩を落とした。

「そう……だな。僕もノエルを安全な場所まで連れて行かないといけないし、この都市にはまだ《血の盃》の連中が残っているようだからな」

……しかし、本当にボスギンは逃げたのだろうか？　ベネットも妙だと言っていたが、《血の盃》の襲撃には不可解な点が多い。俺には、他に何か目的があったように思えてならない。それ次第では、もしかするとボスギンはまだマナラークに残っているのかもしれない。

第三話 ■ 死神の襲来

1

ポメラは冒険者ギルドの前に負傷者を集め、白魔法で彼らの回復を行っていた。

「白魔法第七階位《癒しの雨《エリアヒール》》！」

ポメラが大杖《おおづえ》を構えれば、周囲に穏やかな白い光が広がっていく。

「す、凄《すご》い、これだけの規模の白魔法を！」

「ありがとうございますポメラさん！」

「ポメラさん！」

「聖拳のポメラさん！」

集まった負傷者達《たち》が、口々にポメラを讃《たた》えた。

「一度ついたイメージは、なかなか消えないものなのですね……」

ポメラは聖拳と聞き、少し寂しげに目を細めた。

遠くの方で、爆音が響いた。見れば、建物の一つが崩れていく。

「しゅ、襲撃者の規模が、大きすぎる……一体、何が目的でこんなことを？」

カナタと同行することになった騎士ベネットは、自分達の運んでいるアイテムが狙われている、ということを仄《ほの》めかしていた。だが、それにしても妙なのだ。この規模で各地を一斉に攻撃するのは、マナラークそのものを地図から消したがっているとしか思えない。

「……フィリアちゃん、爆発の方へ移動しましょう」

そこへ、小さな子供が血塗《ちまみ》れの親を背負い、ふらふらとポメラ達の近くに現れた。

「お、お姉ちゃん、お願い、ママを、ママを、治してあげて……。お願いします、お願いします！」

子供はよろめきながら周囲の大人の手を借りて母親を下ろすと、泣きながらポメラへと頭を下げた。

「わ、わかりました。ポメラに任せてください！」

ポメラが子供へと駆け寄ったとき、疎《まば》らな人影が破壊された街道を歩き、こちらへと向かってきていることに気が付いた。ポメラのことが噂《うわさ》になり、怪我人《けがにん》達が彼女の許《もと》へと集まってきているようだった。

移動すれば、彼らを見捨てることになる。だが、爆発は尋常な規模ではなかった。カナタが向かったのともまた別の方向だ。放っておけば大変なことになる。

「……フィリアちゃん、お願いします。向こうの音の方へ、向かってあげてください」

「でも、ポメラだけだと、今、危険だよ？　フィリアが、ポメラを守らないと」

フィリアが心配そうにポメラへと言う。

「大丈夫ですよ。フィリアちゃんほどじゃないけれど、ポメラも、カナタさんのお陰で強くなったんですから。ですから……」

「……ダメだよ。ここ、人が集まり過ぎてる。だからね、だから、きっとよくないものを呼び込むの。フィリア、そう思う。嫌な予感がするの」

フィリアは幼く無邪気だが、ときに聡明《そうめい》さの片鱗《へんりん》を見せる。フィリアの言った通り、ここにも何かよくないことが起きるのかもしれない。

「ありがとうございます、フィリアちゃん。でも、きっと、ポメラとフィリアちゃんが別行動した方が、多くの人を助けられると思うんです。ポメラを信じて、フィリアちゃんは行ってください。お願いします」

ポメラはにこりと微笑《ほほえ》み、フィリアへとそう言った。フィリアは不安げな様子だったが、小さく頷《うなず》いた。

「……うん、わかった。フィリアね、寂しがりだから、ポメラ、絶対に無事でいてね。もしも危なくなったら、すぐに逃げてね」

フィリアは爆発があった方向へと走っていき、途中でポメラを振り返ったかと思えば、すぅっと姿が消えた。

「お願いしますね、フィリアちゃん」

ポメラは小さく呟《つぶや》いた。

「負傷している方は、ポメラのところへ集まってください！　ポメラが白魔法で治療します！」

ポメラは声を上げ、周囲の人達へとそう呼びかけた。

その後、ポメラは怪我人を連れて冒険者ギルドの中へと移動し、そこでしばらく白魔法による治療を継続して行っていた。ただ、負傷者は次から次へと現れ、まるで止《や》むことがなかった。

「《癒しの雨《エリアヒール》》！」

「わ、私が見ているだけで、もう十回も、これだけ大規模な白魔法を……！　あの、大丈夫ですか？　魔力、そろそろ危ないのでは……？」

一人がそう声を掛けたとき、ポメラは少し眩暈《めまい》がして壁に手をついた。

「ポ、ポメラさん！」

「大丈夫です。ポメラ、まだまだやれますから！」

ポメラはぎゅっと握り拳を作り、そう口にした。

そのとき、ポメラは冷たい殺意を感じた。顔を上げると同時に、タンと、地面を蹴る音が響く。

ポメラは大杖を前に出しながら背後へ退く。着物姿の女が目前に現れ、刃を振るった。刃は髪を掠《かす》める。ポメラの金髪が数本、宙を舞った。

「……ほう、《一陣の神風《シナツヒコ》》で強化した私の不意打ちを、容易《たやす》く避けるとは」

着物の女がポメラを睨《にら》む。冒険者ギルド内に、集まった人達の悲鳴が響き渡った。

「土魔法第四階位《土塊機雷《クロッドマイン》》！」

窓の外に、ゴーグルをつけた小太りの男が立っていた。

土の塊が近くの窓を叩《たた》き割り、そのままポメラ目掛けて飛来してくる。

ポメラは《土塊機雷《クロッドマイン》》を知っていた。ロズモンドも使っていた魔法で、土の塊は衝撃を受けるとその場で爆発する。

ここで爆発すれば、負傷者達に被害が出る。対応したいが、下手に動けば着物の女から追撃が来かねない。

「精霊魔法第六階位《火霊狐の炎玉《フォンズボール》》！」

ポメラは大杖を掲げて魔法陣を浮かべた。人の頭くらいの大きさの炎の球が、ポメラと《土塊機雷《クロッドマイン》》の間に浮かび上がった。ポメラはそのまま着物の女との間に《火霊狐の炎玉《フォンズボール》》を挟むように動き、彼女の追撃を警戒した。

何者かの放った《土塊機雷《クロッドマイン》》は、そのままポメラの精霊魔法の炎に包まれ、爆風を抑え込まれた。

ポメラは着物の女を警戒するように大杖を構える。フロアの中央に魔法陣が浮かび上がり、その上に一人の男が姿を現した。

黒のローブを羽織った、長髪の、不吉な雰囲気を纏《まと》った男だった。美青年ではあるが、冷酷な目をしていた。目の下は濃い隈《くま》で覆われている。

男はぱちぱちと、拍手を鳴らした。

「いや、お見事だ。《軍神の手《アレスハンド》》以上の冒険者がいると聞き、まさかとは思っていたが、噂は間違いではなかったらしい。ヨザクラとダミアの連携を、容易く捌《さば》いてみせるとは」

「あなた達、《血の盃《さかずき》》ですね……！」

「あんな無粋な連中と一緒にされるのはごめんなんだがな。《黒の死神》、ロヴィスと聞けば、耳に覚えもあるだろう、英雄ポメラよ。我々は、気紛《きまぐ》れで奴《やつ》らの宴《うたげ》に参加してやったに過ぎない」

不吉な人物、ロヴィスは、ポメラを品定めするように眺め、冷たい笑みを浮かべた。

ダミアが窓を破り、冒険者ギルドの中へと入ってくる。ロヴィスの近くに、ヨザクラとダミアが並んだ。

「さ、三人も、殺人鬼が……」

「だが、俺達も冒険者だ。やってやるぞ！」

ポメラの治癒した冒険者達が、武器を構えて前へと出てきた。

「お前達如《ごと》きが、俺達の相手になると？　英雄様を前に、雑魚に関心はないんだが、邪魔立てするつもりならば、死んでもらわねばな」

ロヴィスの言葉に従うように、ヨザクラが彼らの前に出た。冒険者達が、ヨザクラを警戒して足を止める。

冒険者ギルド内に緊張感が走った。誰かが動けば、一瞬の内にここは戦場になる。そういう予感があった。

その静寂を破るかのように、フロアの壁が崩れた。外には棍棒《こんぼう》を持つ、三メートル近い巨体の男が立っていた。半裸の肉体は常人とは異なり、鉛色を帯びていた。顔は鉄の仮面を付けて隠している。

そして彼の前には、蒼《あお》い礼服にシルクハットを被《かぶ》った、小綺麗《こぎれい》な痩せ型の男が立っていた。シルクハットの下で三日月のように目を細め、不気味な笑みを浮かべている。

「やぁ、ロヴィス君。聖拳ポメラは、君達の手には余るだろう。何せ、実力は《軍神の手《アレスハンド》》以上という噂だ。我々も協力するよ」

ポメラは息を呑《の》んで、異様なオーラを放つ二人組へと目を向けた。

「……ラウンとペイジの、怪人兄弟か。悪いが、せっかくの機会に乱戦は興醒めだ。帰ってもらえないか?」

「おいおい、あまり舐《な》めたことを口にするなよ。この私ペイジも、ラウン兄さんも、あまり気の長い方ではないんだ。特にお前らは《血の盃》の仲間じゃない。あまりふざけたことを言っていると、戦いの中で手が滑るかもしれないよ。フフ、それに、我々に協力しないとなれば、ボスギン様を敵に回すことにもなる。その意味が、わかっていて言っているのかな?」

ロヴィスは息を吐き、目を瞑《つぶ》って肩を竦《すく》めた。

「ああ、わかったともさ。仕方ない」

「利口で助かるよ、ロヴィス君。では……」

「ダミア、ヨザクラ、そこの頭の不出来な兄弟から片付けることにしよう」

ロヴィスが目を開きながら、残虐な笑みを浮かべた。

「ロヴィス君？　駄々を捏《こ》ねて、つまらない脅しを口にするのはやめたまえ。《黒の死神》には、《血の盃》の総員を敵に回せる力は……」

ダミアが分厚い革手袋で覆われた腕を、ペイジへと向けた。ゴーグルの下の口許《くちもと》に笑みを浮かべる。

「承知、ロヴィス様！　《土塊機雷《クロッドマイン》》！」

土塊がペイジ達へと飛来していく。

「なっ！」

ラウンがペイジの前に出て、鉛色の肉体で《土塊機雷《クロッドマイン》》の爆風を受け止める。

「ウ、ウウ……！」

ラウンが鉄仮面の奥で怒りの声を上げる。

「よ、よく防いでくれた、ラウン兄さん！　血迷ったか！　馬鹿共め！　自分達が何をしているのか、わかってるのか！　貴様らは、《血の盃》を敵に回した！　お前ら《黒の死神》は、もう無事では済まないぞ！」

ペイジが声を張り上げて叫ぶ。《土塊機雷《クロッドマイン》》の土煙が晴れたとき、ペイジは目を見張った。すぐ目の前で、ヨザクラが刀の鞘《さや》に手を当てていた。

「……精霊魔法第五階位《鬼人の一打《イワサク》》」

ヨザクラの身体《からだ》が、光を纏っていく。《鬼人の一打《イワサク》》は膂力《りょりょく》を引き上げる精霊魔法である。

「ま……！」

ペイジが声を上げるより先に、ヨザクラの居合によって放たれた刃が、ラウンの肉体を引き裂いた。

「オッ、オゴオオオオオ！」

ラウンの巨体が床に沈んだ。冒険者ギルドに彼の叫び声が響き渡った。

「う、嘘《うそ》だろ!?　王国騎士との戦いでも傷一つつかないラウン兄さんの鋼の肉体が、一撃で!?」

精霊の力を借り、身体能力を強化して刃で敵を斬る。ヨザクラの出身地である、ヤマト王国の武人、侍の好む、速攻型の戦闘スタイルであった。

いつの間にかペイジの背後に回っていたロヴィスが、彼の首へと大鎌の刃を掛ける。

「ヒッ！　わ、わかった！　今なら私から、ボスギン様に上手《うま》く説明しておいてやる！　だから……！」

ロヴィスが首を伸ばし、ペイジの顔を覗《のぞ》き込む。

「ペイジ、覚えておけ。俺はお前達のように、つまらない脅しはしない。俺が殺すと口にしたときは、殺すと決めたときだ」

ロヴィスは大鎌を引いてペイジの首を落とし、その一振りの内に床に伏せるラウンの首をも斬った。二つの頭が床を転がる。

「ま、次なんてないんだがな。せいぜいあの世で参考にするといい」

「ロヴィス様、また敵が増えましたね」

ダミアが世間話でもするかのようにそう言った。

「良い知らせじゃないか。これであの腰抜けが、面子《メンツ》のために身体を張ってくれるなら楽しみが増える。期待はしないがな」

「《血の盃》は気に喰《く》わなかったのですっきりしました。やはり、我々はこうでないと。例の件より、ロヴィス様が丸くなったのではないかと、少し不安だったのです」

ヨザクラが笑う。

ポメラを含む都市マナラークの冒険者達は、ロヴィス達の突然の凶行に理解が及ばず、硬直していた。

「お、お仲間では、なかったのですか？　どうして……？　どうして、そんなに簡単に、人を殺せるんですか！」

「英雄らしい、ご立派なお言葉だ。だが、違うな、英雄ポメラ。我々人間は、もっと気軽に殺し合うべきなのだ。平穏とは、安住とは、足掻《あが》いても決して手に入らない、夢物語であるべきだ。全ての動物は、闘争そのものに快楽を感じるようにできている。与えられた平穏によって何となく生きる動物など、既に死んでいるに等しい」

ロヴィスが大鎌を構える。

「《黒の死神》は、俺が誰にも邪魔されず強者と戦えるように作った、その露払いのためだけの組織だ。《血の盃》と手を組んだのは、強者と戦えるいい機会だったから、それだけだ。そして、あの愚かな兄弟は、俺の最大の目的の邪魔をした。だから死んでもらったのだ。おわかりいただけたか？」

「身勝手にも程があります……！　自分が戦いを楽しみたいから、平穏な都市を襲撃するなんて」

「その言い分は、俺にはまるで、自分が死にたくないから、お前が死ねと言っているように聞こえるのさ。俺にとっては、殺しこそが生なんでな」

ポメラは唾を呑み込み、大杖をロヴィスへと構える。これまで人間相手には感じたことがなかった、強い恐怖があった。ロヴィスの在り方は、人間というよりは、最早《もはや》魔物に近い。

「フッ、ま、だからどうという話じゃないさ。つまらん問答に乗ってやったが、随分と平凡なことを言うんだな、英雄サマよ」

ロヴィスは鼻で笑った。ポメラは周囲へ目を走らせる。

「……あなたは、あくまで強い相手と戦いたいと、そう言うのですね？　だから厳密には《血の盃》とは別の目的で行動していて、そちらのお二人は露払いだ、と」

「だからどうした？」

「わかりました。でしたら、他の方達をここから逃がしてあげてください。代わりにポメラが、逃げずにあなたと戦ってあげます」

乱戦になるのは望まないと、ロヴィスはそう口にしていた。そうであれば、ロヴィスは他の者達を逃がすことに抵抗はないはずだと、そう考えたのだ。

これは互いに利のある提案であるはずだった。乱戦になれば、ダミアとヨザクラが動く。だが、避難や治療のために来た者達が抵抗せずにこの場から離れれば、露払いであるダミアとヨザクラが動く理由はなくなる。《黒の死神》は本当にロヴィスが好きな相手と戦うための手駒に過ぎないというのならば、通るはずであった。

ロヴィスは満面に、邪悪な笑みを浮かべていた。

「さすが英雄ポメラだ！　俺の望んだ好敵手像そのものじゃないか！　ハハハハハハ！　ダミア、ヨザクラ！　雑魚共を適当に逃がせ！　あくまで残りたがる奴だけ殺してやれ！　英雄サマのご提案だ！」

「俺達がそんな脅しに屈するか！　ポメラさん、俺も戦うぞ！」

冒険者の一人が剣を構える。

「やめてください！」

ポメラが声を荒らげる。

「そこの二人も、かなり凶悪な人達です！　貴方《あなた》達が残るより、その二人が止まっている方が、ポメラにはずっとありがたいです！　足手纏いなんです！　邪魔ですから、とっとと捌《は》けてください！」

　ポメラの叫びに、一瞬静寂が広がる。

「す、すみませんでした、ポメラさん……」

　集まっていた者達が、一斉に冒険者ギルドから離れ始めた。

　無論、ポメラの本心ではなかった。だが、彼らをこの場から引き剝がすのには、そう言うのが一番だったのだ。

「ダミア、ヨザクラ、邪魔者が入らないように見張っていろ。お前達は絶対に手を出すなよ、英雄ポメラは、俺の獲物だ」

　ポメラの脳裏に、フィリアの姿が映った。

『フィリアね、寂しがりだから、ポメラ、絶対に無事でいてね。もしも危なくなったら、すぐに逃げてね』

　彼女は不安げな表情をしていた。

　今思えば、まるで、こうなることがわかっているかのようだった。

「……ごめんなさい、フィリアちゃん」

　ポメラは小さく零《こぼ》した。

2

「ダミア、ヨザクラ、虫一匹入れるなよ？」

ロヴィスの部下の二人は壁際まで下がり、こくりと頷いた。ロヴィスはニヤリと笑い、大鎌を構える。

「ゆくぞ、英雄ポメラ！　風魔法第四階位《鎌鼬《シクルウインド》》！」

ロヴィスが大鎌を三度振るう。三つの風の刃がポメラへと迫った。ポメラは地面を蹴り、横へと大きく跳んで回避した。

「速い……けれど、見切れない程じゃありませんっ！」

ポメラの横を抜けて飛んで行った風の刃が、壁に大きな傷をつけた。

カナタの《歪界《わいかい》の呪鏡》の中で、これ以上の魔法を操る悪魔を、ポメラは散々目にしていた。それらに比べれば、ロヴィスの魔法は大したものではなかった。

レベルでいっても、ポメラは２００程度であり、ロヴィスは１８０程度と、ポメラの方が若干有利であった。

「炎魔法第七階位《紅蓮蛍の群れ《フレアフライズ》》！」

ポメラが大杖を掲げ、魔法陣を展開する。十の炎の塊が現れ、意思を持っているかのように飛び交った。

「第七階位魔法を、一瞬で発動するだなんて……ロヴィス様が、《軍神の手《アレスハンド》》を差し置いて関心を向けただけのことはあるようですね。こんな子が、つい最近まで無名だったなんて……」

ポメラの魔法を見て、ヨザクラがそう零した。

「素晴らしい……魔法精度は、合格点といったところか」

ロヴィスが舌舐めずりをし、火の球の動きを目で追う。

「囲みました！　これで、終わりです！」

十の炎の塊はロヴィスの周囲を包囲し、それから円を描くような動きで彼へと向かっていった。

「ロヴィス様！　なぜ、転移魔法をお使いにならなかったのです！」

ダミアが声を上げる。

ロヴィスは大鎌の一閃を放ち、目前の火の球を掻《か》き消す。その後、地面を蹴って跳び、地面と平行の姿勢を取った。宙を華麗に舞い、一見不規則に動いていた火の球の間を抜けて着地し、再び地面を蹴ってポメラへと駆ける。

「久々に、俺が本気を出せる相手らしい！　いい、いいぞ英雄ポメラ！　これが俺の望んだ戦いだ！」

ロヴィスが凶悪な笑みを見せる。

ポメラもこの時点で察していた。魔法の扱いやレベルでは、大差ないか、むしろ自身の方が勝っているはずだ。だが、身のこなし、経験、そして純粋な戦闘の才格が、自分とは明らかに違ってい

た。

逆の立場であれば、ポメラには絶対にあんな繊細な魔法攻撃の回避はできない。できたとしても、実行しようとは思えないし、あれだけ躊躇《ためら》いなく動くことはできない。

細かい攻撃が当たらないなら、素早い範囲攻撃で叩くしかない。恐らくロヴィス相手に、何度《紅蓮蛍の群れ《フレアフライズ》》を撃っても効果はない。ポメラはそう考え、目を閉じ、大杖を構えた。

「ほう、精霊魔法か」

ロヴィスが楽しげに口にする。

「精霊魔法第八階位《火霊蜥蜴の一閃《サラマンダークロウ》》！」

炎の爪撃《そうげき》が走る。フロア内のものが薙《な》ぎ倒され、壁一面が精霊の爪に引き裂かれた。

あまりの衝撃に、フロアの隅にいたダミアとヨザクラも床へ引き倒され、そのまま這《は》ってどうにか爪撃を回避していた。

「こっ、これほどまでだなんて……！」

ヨザクラが驚愕《きょうがく》の声を上げる。

ポメラは息を切らしながら、周囲へ目を走らせる。

精霊に呼びかけ、その力を借りる精霊魔法の発動は、高い集中力を必要とする。ポメラは一瞬ロヴィスから意識が逸《そ》れ、彼の姿を見失っていた。前方の床を見るが、しかしロヴィスは見つからない。

「なんだ、こんなものか。大技は格下を一掃するか、格上に一撃入れるために放つもの……何か考えがあって精霊魔法を発動したのかと思えば、完全に無策とは。お前、同格の相手とまともに戦ったことがないな。目を閉じてまで意識を精霊に向けて、範囲と威力しか取り柄のない魔法に縋《すが》るとは、まるで神に祈っているようではないか。くだらん」

　背後から、ロヴィスの白け切った声がした。

「うっ……！」

　ポメラは大杖を思い切り振り抜いた。ロヴィスは背後へ跳び、悠々とポメラの大振りを回避した。

「この程度の技量だったなら、もう少しレベル上でなければ、面白くもなんともない。期待外れだな、やはり《軍神の手《アレスハンド》》を狙うべきだった」

　ロヴィスは目を手で覆い、溜《た》め息《いき》を吐《つ》いた。

　ポメラは動悸《どうき》が激しくなり、息が苦しくなっていた。今、声を掛ける前に、ロヴィスが大鎌を振るえば、ポメラは殺されていた。ほんの少しのロヴィスの気紛れがなければ、今ポメラは死んでいたのだ。それは明確な恐怖として、ポメラの精神を蝕《むしば》んでいた。ロヴィスは明らかに、これまでポメラが出会ってきた冒険者達と比べて、格上であった。

「精霊魔法第六階位《火霊狐の炎玉《フォンズボール》》！」

　ポメラはぎゅっと唇を噛《か》み、大杖を掲げて魔法陣を浮かべた。人の頭くらいの大きさの炎の球が、ポメラの前方に浮かび上がった。

「ほう、多少はマシな魔法を選んだじゃないか」

《火霊狐の炎玉《フォンズボール》》は精霊に魔法制御の大部分を預けており、魔法現象の発動時間も長い。そのため十全に扱いきれれば、《火霊狐の炎玉《フォンズボール》》を残したまま他の魔法を使い、自身の手数を増やすことだってできる。

だが、それには、針に糸を通すような繊細な制御が必要であった。精神面に負担の大きい現在のような局面では、その難度は跳ね上がる。ポメラの顔には細かい汗が浮かんでいた。

ポメラは《火霊狐の炎玉《フォンズボール》》を自身とロヴィスの間に移動させる。ロヴィスの大鎌の間合いに入ったら勝ち目はない。一瞬で頭を落とされる。

「炎魔法第七階位《紅蓮蛍の群れ《フレアフライズ》》！」

続けてポメラは炎魔法を発動する。十の炎の塊がロヴィスへと向かっていった。

「そうだ、それが正しい。守りを固めて安易に近づけないようにして、細かい制御が利く中距離魔法で、可能な限り手数を出して攻撃する。それが魔術師の定石だ」

ロヴィスは満足げに口にする。火の球が、またロヴィスを包囲し、彼へと飛び掛かっていく。

「《短距離転移《ショートゲート》》」

ロヴィスの足許《あしもと》に魔法陣が浮かび上がる。身体が光に包まれ、その姿が消える。ロヴィスは大鎌を構えたまま、ポメラの背後へ転移していた。

「その定石が俺に通用するかどうかは別の話だがな。そんな行儀正しい戦い方でやっていけるのは、せいぜいB級冒険者までだろう」

「精霊魔法第三階位《風小人の剣撃《シルフソード》》！」

ポメラは振り返りながら大杖を振るう。至近距離から放たれた風の刃を、ロヴィスは最小限の動きで回避し、そのまま距離を詰めてくる。

ロヴィスの目には、ポメラの首が映っていた。狙いを隠す気もないようだった。

ポメラは恐怖のあまり、ただただ大杖にしがみついた。結果的に、それが功を奏した。ロヴィスの大鎌はポメラの大杖を斬り飛ばす。軌道が微《かす》かに逸れた刃は、ポメラの胸部を抉《えぐ》った。

「あ、うっ……！」

ポメラの小柄な身体が、大鎌に弾《はじ》かれて地面に叩きつけられた。周囲に血が舞う。

ポメラはぼんやりとした意識の中、自身の胸に手を触れる。何かでぐっしょりと濡《ぬ》れている。それが己の血液だと気づき、恐怖でポメラの意識が鮮明さを取り戻した。

「杖……っ、え……」

ポメラは床を這い、自身が手放した大杖を手繰り寄せる。しかし、どうにか手にしたそれは、上半分が大鎌によって切断されていた。

「あ……」

ポメラの背後で、ロヴィスが大鎌を振り上げる。

「お前は期待外れだった。だが、クク、戦いの不慣れさに不相応なレベルの高さ、何らかの形で異世界転移者が絡んでいると見て間違いない。《軍神の手《アレスハンド》》の他にも、甘ちゃんの転移者が近辺にいるとわかったのはありがたいことだ。そいつは恐らく、レベル３００超えクラスなんだろう？　お前の首を晒《さら》して、そいつに宣戦布告しておくのも悪くない」

そこまで口にして、ロヴィスは眉を顰《ひそ》めた。

「……ん？　異世界転移者？」

3

ロヴィスは大鎌を握る手を止める。額には脂汗が浮かんでいた。

ポメラに関する噂は、断片的ながらに耳にしていた。蜘蛛《くも》の魔王討伐において、マナラークの守護神とまで称されていた《軍神の手《アレスハンド》》を差し置いて大活躍した、と。その他にも、大量の魔物を狩っただの、巨大な竜の精霊を召喚しただのと、どこまでが本当なのか、都市内ではあれやこれやと騒がれていた。

その中に一つ、気になるものがあった。ポメラは、都市アーロブルク出身の冒険者である、というものだ。耳にしただけで、真偽のほどは知らない。だが、それが本当であれば、恐ろしい事実が浮き彫りになる。

最近ロヴィスは、アーロブルクの近くまで行ったが、結局行かずに逃げてきた。それは何故《なぜ》か。

道中でたまたま出会った化け物、カナタ・カンバラとこれ以上顔を合わせたくなかったからである。一度はどうにか平謝りして、相手の興を殺《そ》いでその場を凌《しの》ぐことができた。だが、何かの弾みで次に敵対すれば、間違いなく命がなくなる。

ポメラの不自然なレベルの高さと、戦ってわかった対人戦闘の拙さ。冒険者一人のレベルをぽんと２００前後まで引き上げられる者がいるとすれば、その人物は最低でもレベル３００以上でないとおかしい。

だが、レベル３００超えの人間が、その辺りにゴロゴロしているわけがない。自然、ロヴィスの中で、ポメラの師イコールカナタ説が濃厚になってきた。

「こっ、殺すのなら、一思いにやったらどうですか」

ポメラが握り拳を固め、震える声でそう口にした。

「…………」

ロヴィスは返すべき言葉がわからず、沈黙した。頭の中で色々なパターンを考えていた。素直に訊《き》いて、カナタの名前が出てくれば逃げればいい。それ以外なら殺してしまえばいい。だが、それができない理由があった。

「……ロヴィス様、どうしたのですか？」

ヨザクラが、やや苛立《いらだ》った声でそう口にした。前回はどうにか押し切って説得したものの、やはりヨザクラの中にはまだロヴィスへの失望が残っていた。

ダミアはまだわかってくれている。しかしヨザクラは明らかに、私はまだ納得していません、ということを言葉の節々に匂わせるようになっていた。それは決して、ロヴィスの思い込みではないだろう。

ヨザクラとて、カナタのような相手に敢《あ》えて刃向かうことがどれだけ愚かなことか、前回の彼との遭遇で身に染みているはずだった。本人を前にして、攻撃を仕掛けろと、そんな無茶は言わないだろう。

だが、カナタの影を感じた瞬間、その場から大慌てで逃げるような態度を見せれば、まだネチネチとごね始めることは想像に難くなかった。

ヨザクラとダミアの二人は、ロヴィスの生き様に心酔している《黒の死神》の幹部である。彼らが突然抜ければ、間違いなく他の部下達も何かあったのではと勘繰ることは間違いない。カナタとの一件があちらこちらへ伝われば、一人一人を説得することはほぼ不可能になる。《黒の死神》はそれだけで解体へ追い込まれることになるだろう。

「フッ……」

ロヴィスは首を振り、大鎌をポメラの首から外した。

「英雄ポメラ……いや、今のお前は、少し力をつけただけの、小娘といったところか。今のお前など、俺にとっては取るに足りん存在だ。だが、お前のその魔法の才……そして、極限の戦いの中で己の戦術を立て直す機転、何よりもその魂の高潔さは、いずれお前を本物の英雄へと変えるだろう。

そうなったとき……クク、そのときになって、改めてお前を狩るのも、悪くない」

ロヴィスはニヤリと笑い、ポメラへ背を向けた。

「行くぞ、ダミア、ヨザクラ。いい収穫だった。これ以上、《血の盃》のつまらん祭りに参加してやる義理はなかろう」

ロヴィスはポメラに背を向けたままゆっくり、冒険者ギルドの入り口へと向かう。

「俺は《赤き権杖《けんじよう》》には興味がない。あんなもの、使い手がいなければただの飾りにしかならん玩具《おもちゃ》だからな。ボスギンは俺達に何か伏せているようだったが、奴の涙ぐましい努力が実れば、そのときに俺達が狩ってやればいい、それだけのことだ。《軍神の手《アレスハンド》》も、ポメラに劣るという話だからな」

「あなたは、何を……？」

ポメラは不可解そうな表情を浮かべていた。ロヴィスは唇を噛む。恐らく、誤魔化しきれていないのだ。ポメラは何か違和感を抱いている。余計なことを口にされては、またヨザクラに騒がれかねない。

「ポメラ、お前は俺と同じ目をしている。外側こそ違えど、本質は同じだ。お前は簡単に自身の命を賭けてみせ、かつ、どこか俯瞰的《ふかんてき》に命のやり取りを見ている。お前は正義という建前をたまたま手に持っているだけで、結局のところ、戦いに魅せられている」

「いえ、あの……」

「クク、次に会うときが楽しみだ。もっとも、そのときこそがお前の最期になる。せいぜい鍛錬を怠らないことだ」

ロヴィスはポメラの言葉にそう被せ、早口で言い切った。ポメラは眉を顰めていたが、黙った。

元々ポメラには、引き留めてまでロヴィスと話をする理由はない。

ロヴィスはその様子に満足しつつ、もう二度とこの女に会わないと心に誓っていた。本当にカナタと関わりがあれば、次に会ったときが自分の最期になりかねない。正直、ポメラ相手に自分と似た物も特に感じてはいなかった。完全にヨザクラを納得させるためのでまかせである。

「ロヴィス様」

入り口近くまで来たロヴィスに、ヨザクラが声を掛ける。

「どうした？」

「何をそんなに恐れているのですか？」

ヨザクラは額に深い皺《しわ》を刻み、明らかに不機嫌な顔をしていた。

「何を言っている？　お前は最近、疑心が過ぎる。俺にも面子というものがある。あまりしつこいようなら、お前とて消すことを躊躇わんのだぞ」

「いえ、そういうのはいいのです。さっきからまるで、一刻も早くこの都市から去りたいようにしか見えません」

ヨザクラはダミアへと、同意を求めるように目線を投げ掛けた。ダミアはそっと視線を逸らした。

ロヴィスはその様子に、唇を噛んだ。

「はっきり言わせていただきますが、やはりあの一件からロヴィス様は、何かに怯《おび》えているようにしか思えません」

「それはお前の思い過ごしだ。はぁ……まぁ、いい。言いたいことがあるのなら後で聞く」

「やはり私には、急いでこの都市を出たがっているようにしか見えませんが」

「おい、本当にしつこいぞヨザクラ」

そのとき、周囲に不吉なオーラが立ち込めてきた。それはロヴィスだけでなく、ヨザクラも、ダミアも、ポメラも感じ取っていた。明らかにカナタの気配のそれとも違うが、とにかく異様な事態であることには変わりない。

「とにかくここを出て……」

「《超重力爆弾《グラビバーン》》」

その声と共に、冒険者ギルドの二階が爆《は》ぜた。天井の木片が降り注いでくる。ロヴィスは顔に掛かる木屑《きくず》を、ただ茫然《ぼうぜん》と受け止めていた。

天井がぽっかり開き、青空が見える。そこに、厚手の黒い外套《がいとう》を纏った少女が浮かんでいた。外套からは、白い綺麗《きれい》な髪が靡《なび》いている。覗き見える肌の白さも、まるで透き通るようで、人外の美があった。

纏うオーラは、妖しく、禍々《まがまが》しい。彼女の持つ全ては、明らかに人間のそれではなかった。碧《あお》と真紅のオッドアイがポメラをじろりと睨んでから、自嘲気味に息を吐いた。

「……刹那とはいえ、いっそ見殺しになんて考えてしまうとは、私も堕《お》ちたものです」

ポメラには彼女の言葉の意味がわからなかった。ただ、助けに来てくれたらしい、ということは理解できた。もっとも、既に危機は逸れていたのだが。

「いつの時代にもいるものですね、貴方のような、つまらない悪党が」

リッチの少女、ルナエールの視線がロヴィスを貫く。

4

ロヴィスは天井の穴を見上げながら、自身の頬に伝う汗を親指で拭う。

「ほう……この俺にこれだけ危機感を覚えさせるとは、大した女だ」

ロヴィスは黒い外套を纏った少女、ルナエールに不吉なものを感じていたが、しかし、まずカナタでないことに安堵《あんど》していた。

ロヴィスは傍らに立っていたはずの、ダミアとヨザクラへと目を向ける。彼らは少女の存在に気《け》圧《お》され、床に座り込み、肩を震わせていた。

ロヴィスの身体も震えていた。だが、それはダミア達とは違い、武者震いであった。

目前の少女は、人外のオーラを纏っていた。天井を破壊した魔法も、まるで正体が摑《つか》めなかった。

ただわかることは、規模と威力が尋常ではない。明らかに格上の相手であった。

ロヴィスを前に落ち着いた様子で、風格があった。自身の全て、その全力をぶつけて、それでも敵《かな》う余地があるのかどうか、未知数であった。

ポメラとカナタは関わりがあるかもしれないと、ロヴィスはそう考え、ここを即行で離れるつもりでいた。だが、目前の獲物は、逃すにはあまりに惜しかった。彼女こそ、自身の望んだ死闘を齎《もたら》してくれる女神であると、ロヴィスはそう直感した。

ルナエールが空から床へふわりと降り立った。ロヴィスは狂気の滲《にじ》んだ邪悪な笑みを浮かべていた。

「ロ、ロヴィス様……？」

初めて見たロヴィスの表情に、ヨザクラが困惑の声を上げる。

ロヴィスは無言で、素早く自身の大鎌を投擲《とうてき》した。大鎌は高速で回転し、円盤となってルナエールへ飛来していく。

本来、戦いそのものに楽しみを求めるロヴィスは、相手を試す目的での軽い攻撃以外に、初手から全力の不意打ちを放つような真似《まね》はしない。先に戦闘の意思を示し、相手の準備が整ってから攻撃を仕掛けるのが常であった。もし相手が自身と戦えるだけの強者であれば、不意打ちで終わらせるほど勿体《もったい》ないことはないからだ。

だが、今回は別であった。どんな卑劣な手段であっても、自分のできることをし、使えるものをすべて使う。ロヴィスは本来、それが戦いであると考えていた。

正々堂々を謳《うた》い、準備の時間を与えるのは、高いレベルと恵まれた戦闘勘を持つロヴィスの全力をまともに受け止められない相手に対する妥協であり、ハンデのようなものであった。しかし、目前の存在は自身の全力を受け止められる、そういう確信がロヴィスにはあった。

高速で飛来する大鎌を、ルナエールはあっさりと横に身体を倒して回避する。

「《短距離転移《ショートゲート》》！」

ルナエールの背後の壁に、ロヴィスが現れる。ロヴィスは腕を振るいながら投げた大鎌を摑み、勢いを殺さず、その凶刃でルナエールの背を狙った。ルナエールはそれを見もせずに、頭を下げて刃を避ける。

再びロヴィスの姿が消えた。ルナエールの横に転移し、大鎌を振るった。だが、それもひらりと、紙一重で避けられる。四方八方より放たれるロヴィスの大鎌を、ルナエールは眉一つ動かすことなく対処していく。

「面白い、面白いぞ女！　ならばこれはどうだ！」

背後に跳んで一度間合いを取ろうとしたロヴィスに対し、ルナエールは張り付くように距離を詰める。伸ばした人差し指で、ロヴィスの額を突いた。

「えっ……」

ロヴィスの身体が軽々飛ばされ、床に激しく肩や腰を打ち付ける。壁に叩きつけられて止まり、呻《うめ》き声《ごえ》を上げた。

「う、うぐ、今、何が……？」

ルナエールが手を掲げる。彼女を覆っていた、厚手の黒い外套、《穢《けが》れ封じのローブ》が消える。白の衣に覆われた、彼女の美貌が露《あらわ》になる。それと同時に、抑えられていた冥府の穢れが立ち込めた。

どうにか立ち上がりかけていたロヴィスは、足を止めた。正確には、足を止められた。がくがくと膝が震え、まともに動かない。崩れるように、床へと座り込んだ。

ロヴィスは《穢れ封じのローブ》のせいで、もしかしたら目前の少女は自分でも敵う相手かもしれないと、そう考えてしまったのだ。遅れて理解させられた。この少女は、生物の在り方としての格が違っている、と。

ロヴィスは身体中の体液を絞られているかのように、全身からだらだらと激しく汗を垂らした。指一つ動かせない。重みを伴った恐怖に、身体を押さえつけられているかのような感覚であった。ロヴィスの歯が震え、目の奥から涙が滲み出てくる。辛うじて動く口で、ロヴィスはせいいっぱいの泣き言を零した。

「間違えた……」

そうとしか言えなかった。ロヴィスは死闘を欲していただけであり、決して身体を縛った状態でマグマに飛び込むような派手な自殺をしたいわけではないのだ。しかし今回の行いは、どちらかといえば後者であった。今、ようやくそれに気が付いた。

ロヴィスも自身ではどう足掻いても敵わない相手に出会ったのは、カナタが初めてだったわけではない。自身より遥《はる》かに高いレベルを有する、《人魔竜》の上位に立つような化け物相手ではどうしようもない。それにこの国にも、表には出てこないものの、抗《あらが》ってはいけない絶対的な力というものが存在する。カナタ相手に素早く切り替えられたのも、そうしたものを目にした過去があったからである。

だが、目前に浮かぶ少女は、そのどれと比べても明らかに異質であった。こんなものが世界にいることを、ロヴィスはこれまで知らなかった。なぜたかだか一都市の危機に、こんな化け物が唐突に現れたのか、全く理解が及ばない。

いや、化け物という言葉では温《ぬる》い。目前の少女は、まるで世界を支配する法則の一つが具現化されたかのような、そんな圧倒的な存在であった。

通常、レベル300超えの《人魔竜》格の人間など、一生に一度出会うかどうか、といった相手である。それも世界から危険視されているために、だいたいどこにいるのか把握されている。

なぜこんな、明らかにレベル2000を超えている、自然災害というにはあまりに生温い、形容しがたい化け物が何の脈絡もなくふらふらと世界を出歩いており、それに自身が立て続けに出会わなければならないのか、ロヴィスは己の底なしの不運を恨んだ。

5

ロヴィスは多少身体の震えが収まったが、まだ呼吸が上手くできないでいた。思考が纏まらない。ただ頭を垂れたまま硬直していた。ルナエールの足音が近づいてくる。ロヴィスはまるで自身が断頭台に上がっているかのような心持ちであった。

「な、何か、俺にご用でしょうか……？」

いきなり自分から十数回斬りかかった相手に向けるには、あまりに不相応で頓珍漢な言葉を発するのが、今のロヴィスの限界であった。

だが、本来、こんな神のような相手が、自身の動向に関心を向けるとは思えないのだ。もしかしたらこのまま見逃されるかもしれない、そんな期待がロヴィスの中にあった。

「人里を嬉々《きき》として襲撃する悪党共に、用などありませんよ」

ルナエールの言葉には、明らかに冷たい殺意が込められていた。ルナエールはロヴィスを殺すつもりでいるようだった。

「人を害することでしか愉楽を得られないとは、哀れな方達です」

ルナエールがまた一歩、ロヴィスへと近づく。ロヴィスは迷いのない動きで、頭を地面へと付けた。

「み、見逃してください……！　我々は《血の盃》とは、元々深い関わりはないのです。俺は聖女

と称されるポメラと一戦交えたかっただけで、ここでは人一人、誓って害しておりません。そうだ、連中の狙いもお話ししましょう！」

「やり辛《づら》い……」

ルナエールは困惑したように眉根を寄せる。

「ロ、ロヴィス様、以前のことは本当に例外なのだと、あれほど仰《おつしや》っていたのに……！」

ヨザクラが、ロヴィスの躊躇ない土下座を目にし、ついそう零す。ロヴィスは歯茎を見せ、ヨザクラを睨んだ。

「どう考えても今回こそ例外だろう！　何故理解しない！　見たのか？　今の動きを！　この御方《おかた》は、仙人か、現人神《あらひとがみ》か、その領域に達しているぞ！　お前らも頭を下げろ！　頭が高いぞ！　ポメラッ、お前もだ！　どういう立ち位置なのか、全く想像もつかない。何が災いするのかわからないんだから、お前もとりあえず頭を下げろ！　早くしろ！　俺達を巻き添えにするつもりか！」

ポメラは床にへたり込んで折れた大杖を抱き締めたまま、ぽかんと口を開けていた。

確かに目前の人物が異様であることは、疑いようがなかった。だが、それにしても、ロヴィスの変わり身があまりに早すぎるのだ。いっそ気持ちがいいくらいであった。瞬時に別人と入れ替わったのではなかろうかと、そう考えてしまうくらいであった。

「あれ……？」

ポメラは記憶に引っ掛かりを感じ、首を傾《かし》げた。何か、違和感があったのだ。それによって生じた、特に打算のない、純粋な疑問であった。

「早くしろポメラ！　お前とて、どうなるかわからないぞ！」

「……あの、あなた、二人、害してましたよね？」

ロヴィスは誰も害していないと、そう訴えていた。だが、ロヴィスはポメラとの交戦前に、自身の大鎌で《血の盃》の怪人兄弟の首を落としている。あまりにも自然に発した嘘だったため気が付くのが遅れたが、明らかに矛盾していた。

ロヴィスが拳で床を叩く。

「この場合、無辜《むこ》の民のことだろうが！　つまらんことで揚げ足を取るな！」

ロヴィスは唾を飛ばしながら叫んだ。それから素早くルナエールへと向き直ってまた頭を下げ、媚《こ》びるような猫撫《ねこな》で声《ごえ》を出す。

「誓って俺は、この都市の民を害してはおりません！　むしろ略奪者側の二人を始末しただけなのです！」

「さらっと訂正した……」

ポメラはロヴィスの図太さに、むしろ感心させられそうになる勢いだった。ルナエールは困った表情のまま、ポメラへと目を向けた。

「その、そこの貴女《あなた》」

「え……ポ、ポメラ、ですか？」

「この御方、どう思いますか？」

「……最初にここに乗り込んできたとき、明らかにここにいた負傷者を殺すつもりみたいでした。そうでなければ、ポメラも戦うことはありませんでしたから」

ルナエールは静かにロヴィスへ向き直った。

「ちっ、違います！　俺は確かに口ではそのようなことを言ったかもしれませんが、取るに足らない雑魚……ではなく、戦士でもない人間をわざわざ手に掛けることはありません！」

ルナエールの目は、虫けらを見る目になっていた。ロヴィスの顔は真《ま》っ青《さお》に染まった。このままだと、どう転んでも最終的には殺される流れにしかならない。

「ロヴィス様……」

ヨザクラがロヴィスへと呼び掛ける。ロヴィスは縋るような目で、ヨザクラを見た。

「無理ですよ、もう。諦めましょう、ロヴィス様……これ以上、生き恥を晒さないでください。このヨザクラ、《黒の死神》の幹部として、地獄までお供いたします」

ヨザクラは逆に落ち着いた声音で、刀を抜いて静かにそう口にした。

「前にも言っただろう！　こういうのは事故なのだ！　お前もダミアも、ああいう御方をただの人間の延長のように見ているから、そういう齟齬《そご》を引き起こすのだ！　あれだけ言ったのに、何故わからない！　お前はこの状況で、まだ戦えというのか！」

ヨザクラは首を振った。

「いえ、介錯《かいしゃく》いたします。私もすぐ後を追わせていただきますのでご安心ください」

余談ではあるが、ヨザクラの出身地には切腹の文化があった。

「……憐《あわ》れな御方です。残念ですが、今の事態に、悪人の言い分をゆっくりと聞いてあげられる猶予はありません。ただ、言い遺《のこ》す言葉があれば、それを聞いて差し上げましょう」

ルナエールは淡々と、ロヴィスへ死刑宣告を行った。

ロヴィスは頭を下げながら、必死に多方面へと思考を巡らせる。

なぜ、こんなことになったのか。本来このようなことは、外出したら隕石《いんせき》に当たるくらいあり得ない、警戒してもキリのない、そういう類の珍事であるはずなのだ。なのに以前、カナタに喧嘩《けんか》を売って返り討ちに遭い、それから数ヵ月と経《た》たぬうちに、唐突に現れた少女に手も足も出ない状況に追い込まれている。

二人共、明らかにレベル２０００を超えている。巨大隕石が二つ、立て続けに落ちてきたようなものであった。

そこでハッと、ロヴィスは気が付いた。そう、こんな偶然、本来起こるはずがないのだ。ならばそこには、何らかの必然性が隠れている。

「もしや貴女様は、カナタ様のお知り合いで……？」

ロヴィスの言葉に、ルナエールは目を大きく開いた。困惑したように口を曲げる。冷たい死人のような青白い頬に、熱を持った朱が差した。

「あ、貴方、どうしてカナタを知っているの？」

ロヴィスは自身の身体で隠しながら、ぐっと握り拳を作った。九死に一生、いや万死に一生を得るような、奇跡的な活路を見出《みいだ》した。

「ええ、ええ、知っておりますとも！　何せカナタ様は、親友と呼ぶにはあまりに畏れ多いですが、俺の最も敬愛する御方です」

ロヴィスはルナエールの表情より、カナタと敵対していない、親しい仲であることを見抜いていた。元より、ただの異世界転移者があれだけ高いレベルを有しているはずがないのだ。ならばカナタが何らかのアイテムを手にしたか、そうでなければもっとレベルの高い師がいるということは、容易に想像がついた。ルナエールの様子と、これまでの情報より、ロヴィスはルナエールがカナタの師であるということを概《おおむ》ね正確に把握できていた。

「お、お二人とも、カナタさんの、知人……？」

ポメラが訝《いぶか》しげにそう漏らす。

ロヴィスは目敏《めざと》くその呟きを拾い、やはりカナタがポメラの師であると確信した。顔にこそ出さなかったが、心中で殺さなくてよかったと深く安堵した。もしポメラを晒し首にでもしていれば、間違いなくカナタを敵にすることになっていた。

「ロヴィス様……」

物言いたげなダミアを、ロヴィスは眼力のみで黙らせた。

「……カナタがまさか、貴方のような人と親交を結ぶなんて」

ルナエールが親指を嚙みながら、そう呟く。一度は不意打ちに驚いたようではあったが、明らかにロヴィスの言葉を疑っていた。

このままではまずいと、ロヴィスは息を吞む。

「そ、その美貌に、圧倒的な魔力……！　純白と燃えるような真紅の交ざった、流れるような美しい髪！　いえ、まさかとは思いましたが、間違いない！　貴女様のことは、カナタ様より常々伺っておりました。カナタ様の、師にございますね」

「カッ、カナタが、私のことを!?　そ、そう……」

ルナエールは頰を一層赤く染め、明らかに動揺していた。これまで疑惑の目で睨んでいたロヴィスからも目を逸らし、真紅のグラデーションの掛かった毛先を、指先で弄ぶ。

「困った人です。確かにカナタは少し抜けたところがありましたが、あまり気軽に私の話を外でするべきではないと、そのくらいはわかっていると思っていましたが……全く」

「いえいえ、それだけカナタ様が、この俺のことを信頼してくださっていた、ということです。カナタ様も、深く敬愛していらっしゃる貴女様のことを、どうしても誰かに話しておきたかったのでしょう」

ポメラは困惑の表情を浮かべ、ロヴィスとルナエールを交互に見ていた。

ポメラはこの謎の美少女に全く心当たりがなかった。これまでカナタから、彼女に関することを聞いた覚えが一切ないのだ。

だが、犯罪組織の長であるこの胡散臭《うさんくさ》い男は、どうにもカナタから彼女のことを聞かされていたようだ。これではまるで、カナタが自身よりもこのロヴィスを信頼しているかのようであった。

ダミアとヨザクラは、本当に一切意味がわからなかった。ポメラ以上に困惑していた。当然、カナタからこの白い少女についてなど、全く聞いていない。そもそも親交もクソもないはずなのだ。

一方的にロヴィスが土下座をし、折れたカナタからどうにか見逃してもらったに過ぎない。

だがロヴィスは熱く、まるでカナタが己の生涯の友であるように語る。それだけならばまだしも、ルナエールの話に合わせ、どう考えてもロヴィスが知り得ないことを次々と口にしていくのだ。ダミアとヨザクラでさえ、もしかしたらロヴィスは自分達の知らない内にカナタと親交を深めていたのかもしれないと、そう錯覚させられてしまうほどの手腕であった。

「……そ、それで、どう言っていたのです？」

「はい？」

「で、ですから、カナタは、私のことを、その、どう言っていたのですか？」

ルナエールは言い辛そうに、そうロヴィスへと尋ねた。

「ええ、勿論《もちろん》、非の打ちどころのない、とても素晴らしい女性だと！　最も敬愛している御方であると、そう仰っておりました」

「そ、そうですか……その、えっと……それ以外には、何か言っていましたか？　それだけですか？」

ロヴィスの頭に、なんでこんな化け物が色恋で悩んでいるんだと疑問が走ったが、当然それをそのまま口に出すほど彼は愚かではなかった。

「貴女様の素性などについて聞いたわけではございませんので、自分から申し上げてよろしいものかはわかりませんが……その、深く愛していらっしゃると、ええ、そういうことを……」

ロヴィスはルナエールの反応を窺《うかが》いつつ、ゆっくりと言葉を選んでいく。ルナエールが顔を真っ赤にして俯《うつむ》き、落ち着かなそうに毛先を弄《いじ》っているのを目にして、自身の勝利を確信していた。

破綻一つ見えた瞬間、死ぬより恐ろしい目に遭いかねない、危険な賭けであった。だが、ロヴィスは勝ち抜いたのだ。

「カッ、カナタは、他人にそのようなことを、軽々しく話しているのですか！　ま、全く……困った人です。確かにカナタは普段こそ穏やかですが、急にそういうことを不意打ちで言い始めることがありますからね。で、でも……そうですか、カナタが、そういうことを口にしていたのですか……」

「は、はい。いえ、でも、誰にでも話しているわけではないと思いますよ。まあ、確かに、そこまで直接的な言い方ではなかったかもしれませんが……」

「……そう言ってはいなかったのですか？」

ぴくりとルナエールの瞼《まぶた》が動き、瞳に寒色が差す。それだけで部屋の空気が凍ったかのように口ヴィスは感じた。

「いえ、仰っておりました！　はい！」

どうにかロヴィスは活路を開いた。しかし無論、こんなでまかせは長くは続かない。話していればいつボロが出るかわからないし、何が機嫌を損ねるかもわからない。何より、いずれルナエールとカナタが接触すれば露呈する。早々に切り上げ、少しでもここから遠い場所へと逃げなければいけない。

「今後は心を入れ替え、世のため人のため尽くさせていただきます！　ですので、その……そろそろ、行ってもよろしいでしょうか」

「……そう、ですね。カナタの親友だというのであれば、私が手を掛けるわけにはいきません。……カナタを悲しませるわけにはいきませんし……私も、彼に恨まれては、とても生きていける自信がありません」

ルナエールは悩みながら、そう呟いた。ロヴィスが安堵の息を漏らしたそのとき、ルナエールが手を掲げた。

「召喚魔法第二十三階位《無間修羅闇魔王《ヤマダルマラージャ》》」

漆黒の巨大な魔法陣が、冒険者ギルドの床一面に広がった。

「第……二十、三階位……？」

ロヴィスはパクパクと口を動かしながら、ルナエールの言葉を反芻《はんすう》する。ロヴィスはカナタと出会うまで、伝承にのみ存在が記されている、第十五階位が最高位魔法だと信じていた。

だが、彼の《超重力爆弾《グラビバーン》》を目前にし、魔法が第十九階位まであることを知った。しかし、今ルナエールが扱っている魔法は、それよりも遥かに高い、第二十三階位の魔法であった。

冒険者ギルドの天井を突き破り、真っ赤で巨大な鬼が現れた。床に座り込んでいるが、それでも顔はまだ見えない。

大鬼が大きく頭を下げて、ようやくその顔が見えた。

恐ろしい顔つきをしており、三つの無機質な目があった。大鬼は豪奢《ごうしゃ》な法衣を纏っており、頭には黒い冠を被っている。腕は四本もあった。

首には、人頭を繋《つな》げて作った首飾りがある。人頭はどれも白目を剝《む》いており、苦悶《くもん》の声を上げて泣き叫んでいる。

「その……こ、こここ、この、この、この化け物は……?」

ルナエールは大鬼の足にぽんと、気軽に手を置いた。

「大精霊、ヤマダルマラージャです。まぁ、ないとは思いますが……念のため、貴方が嘘を吐いていないか、確認させていただきます」

ロヴィスは自身の死を覚悟した。

巨大な鬼……大精霊、ヤマダルマラージャは、どっしりと床に座ったまま、頭を下げ、その三つの目でロヴィスを睨み付ける。

「あの……こちらの大精霊は、何のために……？」

ロヴィスは引き攣《つ》った顔で、ルナエールへとそう尋ねた。

「ヤマダルマラージャの額の瞳は、因果の流れを可視化することができます。噛み砕いて言えば、目前の人物が嘘を吐いているのかどうかが、一目見ればわかるということです」

ルナエールが自身の額に指を当てながら、そう語った。

「な、なるほど……」

「ヤマダルマラージャは、審判の対象が嘘を吐いていると察知すれば、相手を喰らってしまいます。ヤマダルマラージャに喰われた魂は、未来永劫《えいごう》に成仏することなく、彼の腹の中で苦しみ続けるとされています。些細《ささい》な冗談に反応するようなことはないはずですが、万が一ということもあります。あまり余計なことは口にせず、さっき言った言葉を繰り返していただければそれで結構ですよ」

ロヴィスは大鬼を見上げる。

大鬼が口を開ける。大鬼の口の中では、仄かに光を放つ人間の輪郭のようなもの、恐らくは魂の成れの果てらしきものが、大きく腕を伸ばしながら苦しげに喘《あえ》いでいた。

「オオォオオオ、オオォオオオオオ」

取り込まれた亡者達の悲鳴が漏れる。大鬼は口を閉じ、中の何かをよく噛むように動かした。ロヴィスは逆に汗が止まった。

ロヴィスもまさか、粘った結果、死よりも惨《むご》い事態へ向かうことになるとは思っていなかった。

しかし、これくらいのことは想定しておくべきだったのだと、ロヴィスは後悔していた。この少女が、この少女の姿をした何かが、自分の理屈では推し量れない、何か大きな法則のような存在であることは、彼女が外套を脱いだ時点でわかっていた。もう、とっとと諦めて、大人しくしていた方がよかったのかもしれない。

「ロ、ロヴィス様、その……」

ヨザクラはロヴィスに何か声を掛けようとしたが、しかし、もう何を彼に言えばいいのかもわからず、続く言葉がなかった。元々ルナエールが出てきた時点で頭がパンクしかかっていた上に、ロヴィスの虚言で完全に混乱していた。

そこに畳みかけるように、大精霊ヤマダルマラージャの登場である。完全に頭が追い付かないでいた。

また、それはヨザクラだけでなく、ダミアとポメラも同じであった。彼らもまた、ヨザクラ同様に沈黙し、ただ事態を傍観することしかできなかった。

「どうしたのですか？」

ルナエールが急《せ》かすようにそう口にした。

ロヴィスは息を呑み、覚悟を決めた。

「カ、カナタ様は、俺の命の恩人です。少し前に、危うく命を落としそうになったところを、カナタ様に助けていただきました」

ルナエールは大鬼の顔を見上げる。大鬼は静かにロヴィスを見つめていた。

「以来、カナタ様からのちょっとした頼み事を引き受けたり、俺から贈り物をしたり、旅に同行したりと、そうして親交を深めさせていただいた仲でございます……！」

大鬼は小さく頷いたが、それ以上の反応を示さなかった。

「別にそこまで詳しく話していただかなくてもよかったのですが、なるほど、確かに嘘は吐いていないようですね」

ルナエールの言葉に、ロヴィスは深く安堵の息を吐いた。口から心臓が出そうだった。

確かに嘘は吐いていない。元々命の危機に遭ったのは、ロヴィスがカナタを襲撃したのが発端であり、ただそれを見逃してもらったというだけの話である。ただ、一応は命の恩人であると、そう言えなくはない。

贈り物やら頼み事やら旅の同行やらも全て、ロヴィスがどうにかカナタの機嫌を損ねないようにと媚《こび》を売っていただけである。旅の同行に至っては、ただ外の事情に詳しくなかったカナタが、道案内をロヴィスに頼んだだけである。確かに都市に着くまでずっと時間を共にしていたので、多少は親交が深まったと、そういう言い方ができなくもない。

実際には、別にカナタはロヴィスをどうとも思っていないし、ロヴィスもまたカナタを危険人物としか見ていないが。

しかし、そこだけ聞いたルナエールは、さぞカナタとロヴィスは仲が良いのだろうと、すっかり勘違いしていた。

「……カナタの友人であれば、私がここでどうこうするわけにもいきません。仕方ありません……行ってください」

「はっ、はい！　見逃していただき、ありがとうございます！」

ルナエールが腕を上げ、壁へと向けた。壁の周囲に黒い光が漂い、空間が歪《ゆが》んだかと思えば、黒い光と共に空間が圧縮され、轟音《ごうおん》を伴って壁が崩壊した。

「ですが、貴方達を逃がした以上、私にもその責任というものがあります。貴方が他の場所で凶行を働いているとわかれば、そのときは私が責任を持って、貴方の許へと向かわせてもらいます。そのことを忘れないでください」

「しょっ、承知いたしました！　あの、カナタ様に、よろしくお伝えください！」

ロヴィスはルナエールに声を掛けられ、ぺこぺこと頭を下げた。床を這うようにそろそろと起き上がり、ダミアとヨザクラの首根っこを摑んで外へと逃げて行った。

ルナエールは彼らの背中を見送った後、大鬼の姿を消した。

その後、ルナエールは固まっているポメラを振り返った。ルナエールは目を細め、まじまじとポメラを観察する。

「………………」

目が、怖い。オーラに圧迫感があるのは無論のこと、ロヴィスを見ていたときよりもむしろ目が怖い。彼女の神々しい二色の双眸《そうぼう》に、何か底知れぬ感情が渦巻いているのをポメラは察知した。

「な、なな、なんでしょうか？　えっと……カ、カナタさんのお知り合い……なのですよね？」

ルナエールは怪訝《けげん》そうに目を細めたまま、ゆらりと幽鬼のように距離を詰める。

「ひっ！　ポポッ、ポメラを食べても、美味《おい》しくありませんからっ！」

「……時空魔法第二十三階位《治癒的逆行《レトグレーデ》》」

ルナエールは彼女へ手のひらを翳《かざ》す。優しげな光が広がり、ポメラの傷が、見る見るうちに塞がっていった。

「う、嘘……？」

ポメラは茫然と自身の傷があったところへ目を向ける。

傷口や血がまるで意思を持っているかのように動き、塞がり、元通りに馴染《なじ》んでいくのだ。何の傷跡も残っていない。こんなこと、ポメラの知っている白魔法ではあり得なかった。肉体の再生能力を活性化させる、などという次元を超えている。

続けてルナエールは、周囲へ目を向けながら腕を翳す。

「時空魔法第二十二階位《物の記憶《オブジエメモリ》》」

建物の内部に光が立ち込める。物の破片や残骸がくっつき、ひとりでに浮かび上がる。廃墟《はいきょ》と化していた冒険者ギルドが、あっという間に修復されていく。すっかり《血の盃》の襲撃前に戻っていた。

「こ、こんなのって……。あ、あの、貴女は、一体、何者なんですか？　カナタさんの、お知り合いなのですか？」

ポメラが困惑してルナエールへと尋ねた。ルナエールは目を瞑り、逡巡《しゅんじゅん》する様子を見せる。その後、ゆっくりと振り返った。

「……ポメラ、でしたね、貴女の名前は」

「え？　は、はい、そうですが」

ルナエールは深呼吸をしてから、ポメラへと指を突き付けた。

「あっ、貴女に、カナタは渡しませんので！　おっ、覚えておいてくださいっ！」

顔を真っ赤にしながらそれだけ言うと、凄い速さで冒険者ギルドから出て行った。残されたポメラは、茫然とルナエールの背を眺めていた。

それからすぐに、冒険者ギルドへ冒険者達が戻ってきた。まだ警戒するように武器を構えていたが、ポメラを見て口々に歓声を上げていた。

「す、凄い、やっぱり聖拳ポメラが勝ったんだ！」

「だから言っただろ？　俺は見たぞ！　あのロヴィスがこの世の終わりのような顔をして、無様に大慌てで逃げていく様を！」

ポメラは冒険者達の言葉にぽかんとしていたが、すぐに激しく首を振った。

「ちっ、違います！　それ、ポメラじゃないです！」

「見ろ、聖拳ポメラは無傷だ！　三対一で、赤子同然にロヴィスを片付けてみせたんだ……！」

「それには、そのっ、理由が……！」

「あれだけ破壊されていた建物が、元通りになっている……？　まさか、ポメラさんの白魔法は、物の傷まで癒すことができるのか!?」

冒険者ギルドが、より大きな歓声に包まれる。

「違います！　違います！　なんでもかんでもポメラのせいにしないでくださいっ！　本当に怒りますよ！」

一方、どうにか都市マナラークを脱したロヴィス一行は、息を切らして草原に突っ伏していた。

「駄目かと思った……今回こそは、さすがに駄目かと思った……。おい、ヨザクラ、ダミア、わかっているとは思うが、もうマナラークには戻らないぞ。何なら俺は、一生あそこへは行かない。思い出したら吐きそうだ」

「あの女は、一体何者なんですか？　ロヴィス様はご存じの様子でしたが……」

ダミアがロヴィスへ尋ねる。

「うん？　何を言っている、俺が知っているわけがないだろう」

「えっ」

「ずっとお前達と行動を共にしていたのに、いつカナタから聞き出す時間があったというんだ」

「し、しかし……」

「あの白い女のことなら名前さえ知らん。いつ破綻するのか冷や冷やしていたが、どうにか最後まで気づかれなかったらしい。だが、きっとマナラークでカナタと落ち合う予定だったのだろう。あんな嘘はすぐにバレる。次に会ったときが、俺達の最期になりかねない」

「ロ、ロヴィス様……」

ヨザクラが何とも言えない表情でロヴィスを見る。

「なんだ!?　また俺を責めようというのか！　あれは無理だと、さすがにわかるだろう！」

第四話 ■ 《人形箱《パペットコフィン》》

1

カナタが王国騎士ベネット達《たち》と別行動を始めた同時刻、都市マナラークの屋根の上で、二人の人物が顔を合わせていた。

片方は黒い艶やかなショートボブの、色白の華奢《きやしや》な少女であった。軽装のローブに、両手には手の甲を守る簡素な籠手《こて》が付けられている。感情の窺《うかが》えない目で、対面している人物を睨《にら》む。マナラークのS級冒険者、《軍神の手《アレスハンド》》のコトネ・タカナシである。

視線の先に立つのは《血の盃《さかずき》》の頭領、ボスギンであった。禿《は》げ上がった頭の、コトネの倍近い人外の体格を持つ巨漢であった。《巨腕のボスギン》の二つ名を有していた。

「ロヴィスは……他の相手に手間取っているのか。まあ、それならそれで構いはしない」

ボスギンはちらりと、離れた場所にある冒険者ギルドへと目を向けた。

「戦力を少しでも増やすために招いたが、《軍神の手《アレスハンド》》は元々、オレの獲物だった」

「貴方《あなた》が、頭領のボスギン……」

コトネは籠手の付いた腕を構え、ボスギンを睨み付ける。それを見てボスギンは、硝子玉《ガラスだま》のような不気味な目はそのままに、口許《くちもと》だけで無感情に笑ってみせる。

「その返り血、オレの部下が随分と世話になったみたいだな？」

「……貴方、何が狙い？」

「おいおい惚《とぼ》けるなよ。お前はギルドであの雑魚共から受け取るアイテムがあったんだろう？」

ボスギンが含み笑いを浮かべる。王国騎士の持ってきた《赤き権杖《けんじょう》》は、元々コトネに渡されるはずだったアイテムである。

「それなら、王国騎士だけを襲撃すればよかった。移動経路を絞れなかったのなら、都市を攻撃することにしたのはわかる。でも、これだけ大規模な騒ぎにする理由がない。貴方達はまるで、そもそもここで騒ぎを引き起こすのが目的だったようにさえ思える」

「ほう？　なんだ、《神の祝福《ギフトスキル》》頼みの、平和ボケしたガキだと思ってたが、それなりに修羅場を潜《くぐ》っただけはあるじゃねぇか。ちゃんと気が付いたか」

ボスギンの物言いに、コトネは目を細め、眉間に皺《しわ》を寄せた。ボスギンは不気味な男だった。人外の域の巨漢であることや、独特の目つきもそうだが、何よりもそれ以上に、何か大きな違和感を纏《まと》っているようにコトネには思えた。

「そうだなぁ……ついでにこの魔法都市に恐怖を刻み、《血の盃》の名を知らしめるため……とでも言っておけば、この《巨腕のボスギン》らしいか？」

「ふざけているの？」

「いや、気に入ったぞ、《軍神の手《アレスハンド》》！　聡明《そうめい》な女は好みだ！」

ボスギンは口から太い舌を伸ばし、口の周りを這《は》わせる。

それから屋根を蹴り、コトネへと突進してきた。屋根の彼が踏み抜いた箇所が砕けていた。

ボスギンはコトネの目前で、足元にその巨大な拳を振り下ろした。ボスギンの周囲に罅《ひび》が走り、崩れていく。コトネの立っている場所もその崩落に巻き込まれ、彼女は足を取られた。

「こんなもんで驚いてもらっちゃ困るぜぇ！」

ボスギンが前に出たとき、コトネも迷わず、崩れる屋根の上を跳んで前に出ていた。

「ほう？　やはり場慣れしている。だが、素手で来たって、《軍神の手《アレスハンド》》の本分は発揮できないだろうに」

「私には、これがある」

コトネは手に付けた籠手を見せた後、腕を引いて構え直す。

「このオレと殴り合いなど、舐《な》めてくれたものだ！」

ボスギンはそう言い、コトネへとその巨大な腕を振り下ろした。

「巨大犯罪組織、《血の盃》の頭領ボスギン、最悪の犯罪者である生きる災害の証《あか》し、《人魔竜》候補……」

コトネはボスギンの懐に潜り込むように腕を躱《かわ》し、胸部へと突きを放った。

「うぶっ……！」

「悪いけれど、貴方程度の相手には、私は今更負けない」

ボスギンの身体《からだ》が容易《たやす》く宙に浮く。

続けてコトネは、無防備な空中のボスギンに対し、腹部へと足技を放った。だが、これは寸前でボスギンの腕に止められた。

「油断したな……小娘」

ボスギンはそのまま、コトネを力一杯空へと放り投げた。コトネの体軀《たいく》が一直線に跳ね上がる。

ボスギンが左腕を掲げた。左腕の筋肉が膨張し、体積が増していく。

「フ、フフ……お前の言う貴方程度とやらが、どの程度のものなのか教えてやろう！　オレはこの純粋な暴力によって、アウトロー共を纏めて《血の盃》の頭領となったのだ！」

「時空魔法第八階位《異次元袋《ディメンションポケット》》」

コトネは空中で時空魔法を発動した。コトネの手に、彼女の背丈の五倍以上の、青い輝きを放つ大斧《おおおの》が握られた。ボスギンが目を見張る。

「《古代の巨人斧《エンシエント・ギガントアックス》》」

不自然なほどに巨大な斧が、小柄なコトネの一振りで綺麗《きれい》に半円を描いた。ボスギンの立つ屋根の一部を穿《うが》つ。

建物全体に罅が入ったかと思うと一瞬で崩壊し、ボスギンの身体は建物の中を落ちていく。建物は二階建てだったが、床を貫いて一階まで叩《たた》き落とされた。明らかに、ボスギンの初撃を遥《はる》かに超える威力を秘めた一撃であった。

ボスギンは血塗《ちまみ》れで、一階の床に背を打ち付けた。コトネはボスギンのすぐ近くに立ち、彼を見下ろしていた。巨大な斧は、既に消えていた。

「う、うぶっ……」

ボスギンは口から血を噴き出した。明らかに瀕死《ひんし》の重傷であった。左腕と右脚は、落下の際の衝撃で折れているようだった。

「私だって、人を殺《あや》める覚悟くらいはとっくにしている。貴方達の目的を吐きなさい。《赤き権杖》のことを、どこから知ったの？　あのアイテムは今どこにあるの？」

「や……や……」

ボスギンが弱々しく口を開く。コトネは声を拾おうと、少し顔を近づけた。

「やっぱり貴女《あなた》は、私好みだわ」

ボスギンは以前と変わらない低い声で、そう口にした。だが、口調と声音が、これまでとは明らかに違っている。コトネは表情を歪《ゆが》める。

ボスギンは閉じかけていた目をかっと見開き、コトネ目掛けて巨大な腕を振るった。さっきまで瀕死だったとは思えない膂力《りょりょく》だった。コトネは弾《はじ》き飛ばされたが、すぐに床に足を付け、その場で踏み止《とど》まった。

「まだそんな力があったなんて……」

ボスギンは折れたはずの腕を伸ばし、自身の首をガクガクと揺らす。

「ふう……こんなものでいいかしらね。脆《もろ》い人形ちゃんは、これだから困るわ」

耳障りな女口調でそう言って、それから周囲へと目をやる。

「ここなら、外から見られやしないわね。死霊魔法第十一階位《人形箱《パペットコフィン》》!」

ボスギンの周囲にドス黒い魔法陣が浮かび上がる。魔法陣の光が形を変え、実体を持った三つの棺《ひつぎ》へと変化した。

「第、十一階位!?」

コトネは目を丸くした。

コトネはそれなりに戦闘経験がある。《神の祝福《ギフトスキル》》の力のせいでもあるが、そもそも転移者である以上、常に神の目から逃れることができないためである。争いごとに巻き込まれ続ける運命にある。それが嫌になったからこそ、少しでも戦いを遠ざけるために冒険者を半ば引退したのだ。

だが、《人魔竜》格の敵であっても、せいぜい第十階位が限度で、第十一階位、第十二階位を使う者は稀《まれ》であった。それを、組織力と合わせてようやく《人魔竜》相当かもしれないとされている
ボスギンが、準備もなく易々《やすやす》発動できるなど、あまりに不自然であった。そもそもボスギンが上位魔法を駆使するなど、聞いたこともなかった。

「貴方、体術だけで頭領になったんじゃなかったの」

三つの黒い棺が、ガタガタと激しく揺れる。

「さて……行くわよ、コトネちゃん」

ボスギンは焦点の合わない目で、べろりと太い舌を出した。

「この人形ちゃんじゃ、無理があったわね。使わないに越したことはなかったけれど、仕方がないわ。もう少し誘導して、貴女に確実にロヴィスちゃんをぶつけておくべきだったわ」

ボスギンは自分の身体の節々を雑に曲げ、落下の際に歪んだ関節を戻していく。

「……貴方、いったい何？　最初からボスギンじゃなかったの？」

コトネはボスギンを睨み、籠手を構えながら退《ひ》いた。相手がボスギンでないのなら、それ以上の怪人だったとするのならば、自身でどうにかできるレベルを既に上回っている。

ボスギンが《人形箱《パペットコフィン》》によって生み出した三つの棺の内、二つの蓋が開いた。中から伸びた腕によって蓋が押し開けられ、眠っていた人物が起き上がる。

「ほう……こんな可憐《かれん》なお嬢さんが相手とは。だが、正義のためとあれば止《や》むなし！　せめて俺は、正々堂々と戦おう！」

現れた鎧《よろい》の大男が、刃を構えてコトネへ向ける。髭《ひげ》ともみあげが繋《つな》がった、金髪の人物であった。荒々しさと清潔な印象を併せ持つ美丈夫であった。

鎧の青と金の配色は、王国騎士団のものであった。その顔の特徴をコトネは聞いた覚えがあった。

「まさか……《百魔騎のガラン》!?」

王国騎士の、上位騎士の称号である。ロークロアの世界において、個人の戦闘能力の差は激しい。百の魔物を相手にする騎士、百魔騎。その名は伊達《だて》ではない。

王国騎士の総数は百を超えるが、百魔騎の称号を得られる者は、一つの代に十人といない。対魔王や《人魔竜》における、王国の切り札とまでいわれている。

ガランは百魔騎でありながら、三年前に突然行方不明になった騎士である。また、行方不明になる直前に不審な行動が続いていたことから、他国の密偵だったのではないかという噂《うわさ》が流れていた。

「対人戦は僕の好みじゃないが、向かってくるというのなら仕方がない。だが、悪いけど、好みじゃないってだけで、そう苦手ってわけじゃないんだ」

もう一人は、片眼鏡を掛けた長髪の男であった。身体中に革のベルトを巻き、弓に剣、槍《やり》、斧と、複数の武器を纏っていた。

ダンジョンマスターの二つ名を持つ、S級冒険者バロットである。数々の難関ダンジョンに単独で挑んでは平然と生還してきたことが二つ名の由来である。

二人共、コトネに匹敵する実力者であった。三つ目の棺は、動かず沈黙を保っていた。だが、まだ何かが潜んでいることは間違いなかった。

二人を見て、コトネは目を細める。

「……《ダンジョンマスター・バロット》は、元々自由な人だったから、行方不明扱いになっていなかったのね」

「正確には、しなくてよかった、ね。ガランちゃんも王国騎士団になるべく置いておきたかったけれど、騎士団って規則が厳しすぎてそれどころじゃなかったのだもの。馬鹿ばっかりじゃないから、ガランちゃんから辿《たど》って私のことが発覚しても面倒だものね」

コトネはボスギンの使った《人形箱《パペットコフィン》》の正体に、見当がついていた。人の魂を縛り、身体と人格を好きに操る死霊魔法の存在は、噂程度ではあるが知っていた。対象の人格を残したまま、自分の意のままに操ることができる魔法があるのだ、と。かつて古代では、密偵や王国乗っ取り、組織の意思統制に悪用されたそうだ。

ボスギンの変化前の口調や、ガランとバロットの今の言葉には、明らかに人格が宿っている。元の人格や思想を残したまま都合よく思考や認識が改竄《かいざん》され、魔法発動者の意のままに動かされている。ただ、現在のボスギンがそうであるように、完全に人格と思想を乗っ取ることも可能なようである。

ボスギンにガラン、バロットと、S級冒険者格の人間を三人も操って手駒にしているとなると、明らかに《人魔竜》の中でも中位以上に入る怪人である。そんな人間が、わざわざお飾りにしかならない《赤き権杖》を狙ってきたというのは、やはり不自然であった。

「どうして？　貴方程の力があったら、今更金銭目当ての襲撃なんて必要なかったはず……」

コトネは寄ってくる三人を警戒しながら、そう口にした。

「《赤き権杖》は、そう軽視していいアイテムじゃないのよ。元々暴走したら誰にも止められない兵器だったから、大昔の王家が転移者を殺して隠していたのに。代を跨《また》ぐ度に情報が抜け落ちて、随分と愚かになったものね」

ボスギンが口端を吊《つ》り上げ、笑みを作る。元々表情の乏しい人物のようだが、無理矢理笑わされているようで、まるで人形そのものだった。

「貴方なら、あの杖《つえ》を使いこなせるとでも？　あの杖には厳しい装備条件がある。それに……期待していたみたいだけれど、私はあの杖をまだ預かってはいない。王国騎士が上手《うま》く隠してくれていたみたいでよかった。残念だったわね」

コトネの言葉を聞いて、ボスギンが大口を開けて笑う。同時に、ガランとバロットも、各々笑い始める。不気味な光景だった。

「……何がおかしい？」

「悪いね、お嬢さん。既に我々はね、俺の可愛《かわい》い後輩達の三人組から《赤き権杖》を回収しているんだ。ボスギンの《血の盃》の配下で、充分こと足りたよ。全く……もう少し、騎士団の鍛錬を厳しくするように進言せねばな。格上相手には、格上相手の立ち回りがあるというものなのだが」

「もっとも、僕らは《赤き権杖》の回収に、さほど高いハードルを感じてはいなかったよ。僕らの人脈があれば、騎士団の移動ルートなんて簡単に絞れたからね。《赤き権杖》が下位騎士三人だけの守りで王城を出た時点で、いくらでも回収ができた。先に他の奴《やつ》らに盗《と》られないか、そっちの方に冷や冷やしていたくらいさ。人員が足りないのはわかるけれど、王国騎士はもうちょっと慎重になるべきだよガラン殿」

ガランがコトネの言葉に応え、バロットがそれを補足する。

コトネは目を見開いた。そもそも《赤き権杖》が回収済みであるのならば、ボスギンが自分を狙ってきた意図が全く見えてこないからだ。

「おうおう、自由な冒険者さんは、王国騎士団の内情も知らず、結果だけ見て好きに言ってくれなさる。いつだって魔物災害と《人魔竜》への警戒で、王国騎士団は人員不足なんだ。王家の一部の思い付きで行われた、実用性の低いアイテムの運送に戦力を割けないのは仕方のないことだろう？ただでさえ、俺がいなくなってまだ大騒ぎしてるんだから」

ガランが肩を竦《すく》め、冗談めかしたように言う。

「それは悪かったよガラン殿。でも僕が言いたいのは、さすがにこういう事態になることは想定しておくべきだったんじゃないかってことさ。よくわかってない神様絡みのアイテムを、よくわからないまま外へ持っていくのはやめるべきだったね」

ガランとバロットは、笑顔でちぐはぐな会話を行う。コトネにはそれが不気味でならなかった。

「……既に手に入ったのだったら、どうしてこの都市で暴動を働いているの？　とっとと出て行ったらどう？」

ボスギンと、ガラン、バロットが、同時にコトネを見て、笑みを浮かべた。

「うふふ、そんなこと、決まっているでしょう？」

「《赤き権杖》だけでは使い道がない。片割れを押さえて、もう一方を隠されるほど退屈なことはないだろう」

「箱と鍵は、同時に奪うべきなんだよ。いや、この場合は、杖と手と言った方が正確かな、《軍神の手《アレスハンド》》」

「箱と鍵って、まさか……」

コトネの額に、汗が垂れた。

ボスギン達の口にする箱とは、明らかに《赤き権杖》のことであった。そしてそれに対応する鍵といえば、コトネの《軍神の手《アレスハンド》》に他ならない。

ボスギン達には、他者を自在に操る人形箱《パペットコフィン》がある。最初から彼らの狙いは、魔法都市マナラークに引き籠って出てこない、コトネの《軍神の手《アレスハンド》》であったのだ。

「この肉達磨《にくだるま》ちゃんだけで押しきれるかは、正直五分五分だと思っていたわ。でも、貴女、思いの外強くてびっくりしちゃった」

ボスギンが前に出る。同時に、《百魔騎のガラン》と《ダンジョンマスター・バロット》も動き出す。ガランは長剣を、バロットは斧と鎖鎌を構えていた。

「もっとも、それだけなんだけどね！」

推定S級冒険者クラスが三人。コトネ自身、こんな窮地に追い込まれたのは初めてであった。ボスギン単独でも、せいぜい優勢に立ち回ることができる程度だったのだ。

コトネは三人それぞれへ目を走らせる。

「《ステータスチェック》！」

向かってくる敵に対し、コトネはまず転移者特典の《ステータスチェック》から入った。確認できるのはレベルとＨＰ、ＭＰ程度だが、複数の敵を相手にするには、個々の強さを見切って動き方を考える必要があった。

コトネはレベル２０８であった。これはＳ級冒険者の最低基準を大きく上回る数値である。都市マナラークにおいても圧倒的なレベル保持者として、魔法都市の守護神のような扱いを受けている。

自身のレベルを申告しているわけではないが、王国内においても上位十人に入る戦力であると噂されている。

ボスギン・ボーグレイン
種族：ニンゲン
Ｌｖ：１７３
ＨＰ：１４８／８６５
ＭＰ：１８／７０９

ガラン・ガスティアラ

種族：ニンゲン
Lv　：210
HP　：966／966
MP　：1029／1029

バロット・バミリオ
種族：ニンゲン
Lv　：189
HP　：895／895
MP　：890／890

「……最悪ね」

ぽつりと、コトネは漏らした。

平均レベル190。通常、こんな面子《メンツ》が三人も揃《そろ》うのは魔王討伐くらいである。

レベルが下で手負いとはいえ、ボスギンも油断できない。ボスギンは落下の際に骨が数か所折れているはずなのに、まるで速さが衰えていない。糸で操られているかのような、そんな不自然な動きであった。

だが、狙うのならば、レベルで劣り、ＨＰの少ないボスギンであった。ガランは後回しだ。複数の敵を相手にしながら、決定打を当てられそうな剣士ではなかった。

バロットが、鎌の逆側についた鎖分銅を放つ。分銅で鎖を操り、鎖で分銅を操る複雑な武器である。下手に防げば、鎖が絡み付いて動きを封じられる。コトネは分銅を籠手で真っすぐ打ち返し、確実に対応する。

「結界魔法第六階位《聖別《デヴァイド》》」

ガランが剣を掲げる。ガランの剣より、質量を持った白い光が放たれ、床を割りながらコトネへ向かってくる。コトネは地面を蹴り、右に逃れた。

同時に右側に跳んでいたボスギンが腕を振るう。分銅と《聖別《デヴァイド》》で確実にコトネの動きを封じ、その先で罠《わな》を張って叩きに来ていた。

連携が取れすぎている。やはり、中身は一人なのだ。

「ッ！　時空魔法第八階位《異次元袋《ディメンションポケット》》！」

コトネはボスギンへと手を向ける。

手の先に、彼女の身長に等しい直径を持つ、巨大な円盾《えんじゅん》が現れた。銀の光を帯びており、中央部には女の顔を模した彫刻が彫られていた。彫刻の顔の眼球の部分には、青く輝く水晶が嵌《は》め込まれている。

「《守護盾アイギス》！」

ボスギンの腕が、円盾に阻まれる。円盾はボスギンの拳に殴り飛ばされそうになったが、コトネは反対側から膝で蹴り、その衝撃で円盾を支える。

円盾に刻まれた、女の彫刻の瞳が光を放つ。ボスギンの動きが止まった。ボスギンは身体に力を入れて痙攣《けいれん》させるが、まともに動かない。

「ふむ……カウンターで金縛りなんて、いいアイテムね」

ボスギンが呟《つぶや》く。

コトネは円盾を回り込んでボスギンを攻撃しようとしたが、その間をバロットの鎖が遮った。鎖を屈《かが》んで回避した隙に、目前にガランが割り込む。

「残念だったな。手数が違い過ぎる」

「《異次元袋《ディメンションポケット》》！」

コトネの手に、翡翠《ひすい》色の剣が現れる。

「《風流れアイオロス》！」

この剣には風の精霊が宿っており、精霊の追い風によって剣速を上げる力があった。使い熟《こな》せれば実力以上の力を発揮できるが、その分剣の精緻を極めることは困難になる。

「俺と技を競うのは不利と判断したか。だが、安易だったな。速さ頼みの剣で、この俺に勝つつもりなど」

ガランが素早く、三度刺突を放つ。コトネは二発を刃で受け、最後の攻撃を身体を逸《そ》らして回避した。

反撃に放った刃を、ガランの剣が防ぐ。刃の競り合いとなった。

「ほう……技を捨てたわけではなかったか。先ほどの無礼は撤回しよう。だが、ここまでだ」

ガランが力強く刃を押し、コトネを弾いた。体勢が崩れる。引いた左腕を、バロットの投げた鎖が捕らえた。

「うっ……！」

バロットは即座に、手にしていた斧を投擲《とうてき》する。屈んで回避したコトネを接近していたガランの刃が襲う。籠手で受けるが、衝撃が骨に響いた。

よろめいたところで、すかさずバロットが、鎖を力強く引いた。身体が浮いた。ボスギンの巨大な拳が、コトネの腹部にめり込んだ。

ぺろりと、ボスギンが舌舐めずりをする。

「フフ、こんなに粘られちゃうとは思わなかった。貴女、本当に私の好みね。大事に扱ってあげるわ」

コトネの身体が床に叩きつけられる。起き上がる間もなく、彼女の後頭部を、ガランが剣の腹で殴打した。彼女の身体は、床へとうつ伏せに倒れた。

コトネは身体に力を込めようとしたが、もう起き上がることもできなかった。辛うじて開く目で、ボスギンを睨み付ける。

「フフ、これで《赤き権杖》と《軍神の手《アレスハンド》》が手に入ったわね。あの杖さえあれば、たとえ神だって、私に下手な干渉はできなくなる」

「ふむ……しかし、これで一人交代だな」

ガランが顎に手を当てて思案する。

「そうね。バロット、ジャンケンしましょう」

ボスギンがバロットへと手を伸ばす。バロットは頷《うなず》き、ボスギンへと手を出した。

ボスギンがグーを、バロットはパーを出していた。ボスギンが頷く。

「コトネちゃんのせいなのか、思ったよりこの都市のA級冒険者に粘られてるのか、《血の盃》の幹部も結構やられてるみたいなのよね。ボスギンの利用価値が薄くなったし、仕方ないかしら。元々、《赤き権杖》の行方は彼らに押し付けるつもりだったし……ここで切っても惜しくないわね」

ボスギンは自分の首に手を掛けた。コトネは何をするつもりかと、ボスギンを見上げた。

ボスギンはそのまま手に力を込め、自分の首をへし折った。太い首があり得ない角度に曲がる。血の混じった吐瀉物《としゃぶつ》で身体を汚し、ぐるりと白眼《しろめ》を剝《む》く。巨体は糸の切れた人形のようにその場に崩れ落ちた。

「ひっ！　う、嘘《うそ》、何やって……」

「おいおい、決まっているだろう？」

「枠作りだよ。コトネちゃん、君を迎え入れるためのね」

ガランとバロットが、ヘラヘラと笑いながらコトネへと迫ってきた。恐怖の中、コトネの意識は途切れた。

2

「本当に都市内で、ボスギンらしき男が目撃されたんですよね？」

「ああ、本当だ！　何故《なぜ》か奴は《赤き権杖》の回収後も留《とど》まっていたらしい」

魔法都市内で《血の盃》の残党狩りをしていた俺は、騎士ベネットと再会し……何故かまた、彼と行動を共にしていた。ベネットは同僚のノエルを介抱した後、彼女を避難所に移し、そこでボスギンの情報を得て俺へと伝えに来たのだ。

「……で、どうして自分で行かずに、わざわざ俺を捜していたんですか？」

俺が睨むと、ベネットが諂《へつら》うように笑いながら、俺の腕を摑《つか》んだ。

「そ、そう邪険にするなよ、なぁ、カナタ。最初のことなら、どうか水に流してくれよ、な？」

「べたべた触らないでください」

ベネットが俺の腕から手を離し、媚《こ》び笑いから一転、深刻そうな顔をする。

「正直……ボスギンは、僕やノエルなんかじゃ逆立ちしたって敵《かな》いやしない。僕だって、騎士として恥じぬ生き様でありたい。だが、その我《わ》が儘《まま》で無謀な真似《まね》をして、被害を拡散させても仕方がない。僕達だって面子は大事だ。だけど、それは僕達が国を守る盾であることを、ちゃんと示すためのものだ。だから、面子より国を守ること、その順序が逆転してはいけない」

ベネットが口惜しげに語る。

「ボスギンは格が違う、本物の怪人さ。A級冒険者格の殺人鬼っていうのはさ、金欲しさに落ちぶれた奴らじゃない。英雄にでも何にでもなれたのに、ただの人殺しでいることを願った呪われた連中さ。ボスギンは、その呪われた奴らを、純粋な暴力だけで統率しているんだ。ボスギンは、ここで必ず討たないといけない。あいつを倒すことが、あいつが今後生み出すであろう千人、いや一万人の犠牲者を救うことにもなるんだ」

ベネットの語り口には熱意があった。何の信念も持たない軽薄で残念な奴だと思っていたが、しかしその言葉だけは信じられるような気がした。

「……すみませんベネットさん、都市の危機を前に、つまらない意地悪を口にしたのは俺の方でした」

「それに、ここが《赤き権杖》を回収できる最後のチャンスなんだ！　もう駄目かと思ったが、ボスギンがここにいるということは、《赤き権杖》もまだここにあるんだ！　何がどうなってもアレを取り返さないことには、僕の家名が、僕の代で、僕のせいでズタズタになる！　そうなったら！　パッ、父様が、どんな顔をなさることか！」

俺は額を手で押さえ、苛立《いらだ》ちに堪えた。さっきの国を守る云々《うんぬん》より、家名を守るくだりの方が、よっぽど熱が入っているように感じられてならない。

「でも……本当に、ボスギンがまだこの都市にいると思いますか？　ボスギンの目的だった《赤き権杖》が間違いなく彼らの手に渡ったことは、貴方達が一番よくわかっているんじゃないですか？」

「僕も勿論《もちろん》、それは疑問だったさ。……ただ、今回の騒動には《血の盃》の陰で、もっと危険な連中が動いている可能性が高い。ボスギンの思惑からズレているのかもしれない」

「危険な連中……？」

俺の言葉にベネットが頷く。

「ノエルを避難所に預ける際に聞いたんだが、《黒の死神》の頭目……ロヴィスらしき男の目撃情報があるそうだ」

「《黒の死神》……ロヴィス……？」

俺は顎に指を当てて考える。その後、土下座しているロヴィスの姿が頭に浮かんだ。俺は自身の表情が歪むのを感じていた。

「おいおい、まさか知らないのか？　戦闘狂の危険な男だ。規模も被害も《血の盃》よりは小さいが、むしろこっちを危険視している騎士は多い。これまでも数々の事件を裏から引っ掻《か》き回してくれた奴だ」

「まぁ、はい……知っていますが……」

「ロヴィスはボスギンを出し抜いて、《赤き権杖》を掠《かす》め取ろうとしているのかもしれない。ボスギンが都市を出られなくなったのは、奴が嚙《か》んでるからじゃないかと俺は考えている。奴らが潰し合ってくれるなら、それ以上にありがたい話はないが……問題は、本当にロヴィスの手に《赤き権杖》が渡っていた場合だ」

「……どうなるんですか？」

「ロヴィスは本当に、一切の行動が読めない男だ。わかりやすい利益を追うような真似はしない。数いる犯罪者の中でも、アイツはぶっ壊れている。アウトローにはアウトローの法ってものがあるが、奴はそれに一切従わない。奴の手に渡っていたら……取り返すのは、絶望的だ」

「はぁ……頼んだら返してくれそうな気もしますが……」

「あのな、カナタ、冗談を言っている場合じゃないんだ」

ベネットは近くにある建物へ目を向ける。屋根が割れ、大きな穴が開いている。ここまで破損している建物は他にない。

「ボスギンは、この辺りに向かっていたはずだ」

「あの建物、戦いがあった跡に見えます。少し調べた方がよさそうですね」

俺とベネットは顔を合わせて頷き、建物へと向かった。

「クソッ、扉が歪んでるな、こりゃ」

ベネットは扉を開けようとして、そう零《こぼ》した。俺は横の壁を蹴飛ばし、穴を開けた。

「早く行きましょう。ここじゃなかったら、他を当たる必要がありますし」

「……ああ、うん、そうだな」

ベネットは頷き、俺の後に続いた。

一部が崩落した建物の中には、血塗れの巨漢が倒れていた。首があり得ない方向に捻《ね》じ曲がっており、既に死んでいることは疑いようがなかった。ベネットは茫然《ぼうぜん》と、その亡骸《なきがら》を見つめている。

「ベネットさん、あれって……」

「ま、間違いない……《血の盃》の頭領、ボスギンだ。だが、どうしてこんなことに……？　や、やっぱり、ロヴィスがやったんじゃ……」

ベネットが恐々と口にする。

「おや……見られてしまったか」

物陰より、一人の長身の男が姿を現す。ベネットは大慌てで剣を構えたが、相手を目にして手から落とした。

相手は、ベネットと同じく、金の模様が入った青い鎧を纏っていた。ベネットのものより、やや装飾が多いように窺える。獅子《しし》のような髭が特徴的な、金髪の大男であった。

「ガ、ガラン様……！」

ベネットが茫然と口にする。

「おお、久々じゃないかベネット！　はは、鎧が見えたから騎士だとは思ったが、まさかお前とは。

いや、懐かしい！　ちょっとは鎧がサマになってきたんじゃないのか？」

ガラン、そう呼ばれた男は、親しげにベネットへ手を上げた。

「い、いいえ、僕なんてまだまだ未熟な身でして……！」

「知り合いですか？」

俺が尋ねると、ベネットは小さく頷く。ガランは嬉《うれ》しそうだったが、ベネットは不安そうな顔をしていた。

「あ、ああ……そうだが、様子が妙なんだ」

ベネットは俺に相談するように、小声でそう言った。

「騎士の中の騎士……《百魔騎》の称号を持っている方だ。あの方なら確かに、一対一ならボスギンにも負けないと思う。でも……」

「でも……？」

「あの人……ガラン様は、三年前から行方不明になっていたんだ。それっきりまともな目撃情報がなくて、僕はもう、てっきり、ガラン様は死んだものだと……」

ベネットの様子は、喜びより困惑が強い。ガランの生存に、何か不自然なものを感じているようだった。

俺はガランへと視線を戻した。ガランはまだ、笑ってこちらに手を振っていた。だが、俺にはなんだか、その笑顔が不気味なものに思えてならなかった。

「あの人、警戒した方がいいんじゃないですか？　知人とはいえ、やっぱり妙なんでしょう？」

俺は声を潜め、ベネットへそう言った。ベネットはガランに気づかれない程度に、小さく頷く。

「本人だとして、ここにいる理由がわからない。実はガラン様には、他国のスパイ疑惑もあったんだ。だが、《百魔騎》の実力に変わりはない。《百魔騎》の仕事は、主に魔王や《人魔竜》への警戒と対応……王国戦力の最高峰だ。ボスギンやロヴィスどころじゃない」

ベネットは俺にそう言ってから、ガランへと向き直った。

「ガラン様……その、今まで騎士団に何の連絡もなく、どうなさっていたのですか？　何故ずっとこれまで、身を隠されていたのですか？　それに、どうしてこのマナラークへ？」

ベネットがガランを質問責めにする。

「なんだ、久々の再会だというのに、穏やかじゃないなベネット」

「僕だって、本当は素直に喜びたいんです。でも、でも……」

ガランは自身の頭を掻く。

「昔は俺が言えば、何でも手放しにはいはいと付いてきてたのに、クク、そうか、あのベネ坊が大人になったもんだな」

ガランは寂しげに笑った。

その様子に、ベネットは申し訳なさそうに目を伏せる。二人の様子を見るに、ガランに違和感はあるが、しかし偽者ではないように思えた。

ガランが表情を引き締め、こちらへと歩いてくる。

「騎士団を離れたのは、大事な用事があったからなんだ。騎士団にはまだ言えない。しかし、お前にだけは話してもいいだろう、ベネット」

「えっ……？」

それに釣られ、ベネットも前に出る。俺はどうしたらいいのかわからず、つい足を止めてしまった。

「いいか、俺が騎士団を黙って出た理由。それは、そこの肉達磨……ボスギンにも関係することだ」

ガランは振り返らないまま、背後のボスギンの死体を指差す。

俺はそこで、また別の違和感に気が付いた。ボスギンには複数の外傷があったが、刀傷がないのだ。打撃や引っ掻かれたような痕が多い。極めつけは、死因らしいねじ曲がった首も、勿論剣によるものではない。

ガランの戦い方は知らない。だが、ガランに殺されたのだとは、とても思えなかった。

「俺が騎士団を出た理由、出た理由は……」

ガランは目を瞑《つぶ》り、背の剣の柄《つか》に手を触れた。それを見たベネットが、はっと気が付いたように目を見開く。

「悪い、やっぱ思い出せないわ」

ガランが張り付いたような人工的な笑みを浮かべ、長剣を抜いてベネットへ突撃する。

「ガ、ガラン様っ！　どうしてっ！」

「これ以上目撃者が増えるのは面倒だ。逃げられないよう、先にレベルの高い騎士から殺して、その後で向こうの冒険者を斬る……」

俺は地面を蹴り、即座にガランとベネットの間に滑り込んだ。ベネットの肩を手で押さえ、背後へ突き飛ばす。

「下がっていてくれ！」

「カ、カナタッ！」

ガランが笑う。

「ほう、その速さ、なかなかのレベルと見た。だが、徒手で《百魔騎》の前に跳び出て、無事で済むと？」

ガランが大きく踏み込み、長剣の一撃を放つ。俺は一歩下がり、腹部を引いて躱す。

逆側から、素早く一閃《いっせん》が放たれる。俺はそれを屈んで避けた。

ガランは目を見張り、俺を睨んでいた。瞳に驚愕《きょうがく》の色があった。まさか、二手続けて避けられるとは思っていなかったのだろう。

しかし、動きは止まらない。剣の勢いで跳ねたガランは、宙で剣を引く。

「驚かされたが……《百魔騎》には、徒手の《人魔竜》を確実に追い込むための剣術がある」

剣先を俺の胸部に合わせていた。

「《羅刹滅連》！」

放たれた刺突を、身体を逸らして避ける。そのまま斬りかかってきた刃を、俺は屈んで回避した。床に下りたガランは、刃を引いた勢いで回転し、逆側より斬り込んでくる。俺は立ち上がりながら、ガランの胸部を蹴り飛ばした。

「ぐっ！」

ガランは宙で回転し、床に降り立つ。

「ひ、《百魔騎》の連撃を、あんなにあっさり……。《血の盃》の幹部達とは、格が違うのに」

ベネットは、茫然とした表情でそう零す。

「《百魔騎》の鎧がなければ、今ので殺されていた。お前……何者だ？　俺が知らない人間に、まだこんな奴がいたなどと」

ガランは再び長剣を俺へと向ける。額には汗が垂れていた。

そのとき、ガランの鎧に亀裂が走った。砕け散った金属が床に散らばっていく。ガランは目を丸くして、自分の鎧の破片へ目を落とす。

「そんな馬鹿な……ただの、蹴りの一撃だぞ？　王国の財を投じて造られた、竜の一撃さえ防ぐ鎧が、こんなにあっさりと……？」

「ガランさん、でしたよね？」

俺は声を掛けながら、足を下ろす。ガランはそこでようやく戦闘中であることを思い出したらしく、慌てて長剣を構え、俺を警戒する。

「全て話していただけますか？　次は、本気でやらせてもらいます」

俺の言葉に、ガランは口を開けたまま硬直した。

「今の一撃が、本気ではなかったと……？」

ガランのレベル……せいぜい、２００といったところか。本気で蹴っていれば、鎧の上だろうが一撃で終わっただろう。だが、これだけ差があれば、逃がす心配もしなくていい。

この男に、不可解なマナラークの状況を説明させなければならない。

「おま、おま……カナタ、お前、どこまで……」

背後で、ベネットは口をパクパクとさせながら、俺を指差していた。だが、すぐ首を振って、ガランを睨んだ。

「ガッ、ガラン様！　全て……話していただきます！　なぜ、騎士団を裏切ったのですか！　貴方様が、このマナラークの騒動の主犯だったのですか！」

ガランはしばらく硬直していたが、手で顔を押さえ、やがて肩を震わせて笑いだした。

「フ、ウフフ、フフフフ……まぁ、こんなあっさりと、《赤き権杖》が舞い込んでくるわけがないわよね。全く、こういう相手とぶつからないようにこそこそ隠れてあげていたのに、本当に嫌になっちゃうわ」

ガランは急に似合わない言葉遣いで話し始めたかと思えば、顔を覆った指の隙間から俺を睨み付ける。

言葉遣いだけではない。声の抑揚や仕草が、纏う雰囲気が、急に一変した。

「ガラン様……？　やっぱり貴様、偽者か！　精神操作か？　ガラン様を返せ！」

「コトネちゃんと《赤き権杖》を手に入れた後でよかったわ。逆だったら、やられていたのは私の方だったわね。ギリギリだった」

ガランが長剣を掲げる。

「あんまり気軽に使いたくない魔法だけれど、仕方がないわね……。死霊魔法第十一階位《人形箱《パペットコフィン》》！」

ガランを中心に、どす黒い魔法陣が展開されていく。

3

漆黒の魔法陣が、黒い三つの棺へと変わっていく。三つの棺はガタガタと震え始める。手前にある一つが開き、中から人間が姿を現した。

「まったく……穏やかじゃない様子だね」

黒い棺から姿を現したのは、片眼鏡を掛けた長髪の男であった。身体中に革のベルトを巻き、弓に剣、槍、斧と、複数の武器を纏っていた。

俺達へ目をやって、優し気な笑みを浮かべる。それから革ベルトより、鎖鎌を外して構える。

「《ダンジョンマスター・バロット》!? ど、どうして、生きる伝説のような冒険者が、こんなところに!」

長髪の男を見て、ベネットが叫んだ。長髪の男バロットは、ベネットへとヒラヒラと手を振ってみせる。

「光栄だねぇ、騎士様にそこまで言ってもらえるだなんて。ふふ、僕なんて、ちょっとばかしダンジョン潜りが好きだっただけの陰気な男さ」

「まさか《人形箱《パペットコフィン》》を、日に二度も使わされるだなんてね。でも、このくらいの相手は覚悟しておくべきだったわ。《赤き権杖》と《軍神の手《アレスハンド》》が揃った上に大した邪魔が入らないだなんて、そんな美味《おい》しい機会、連中が作ってくれるわけがないんだから」

ガランは顔を押さえてそう呟いていたが、目線を俺へと向け、長剣を構える。バロットがニヤリと笑い、ガランへ目配せする。二人が同時に動き出した。

《人形箱《パペットコフィン》》は死霊魔法のようだが、別に死霊魔法だからといって、二人が死んでいるとは限らない。死霊魔法には、生者の魂や精神を縛るものも数多く存在する。

「殺すわけにはいきませんね……」

「僕達相手に、それは舐め過ぎじゃないかなっ?」

バロットが、鎖鎌の反対側についている分銅を投げつけてくる。同時にガランが長剣を掲げる。

「結界魔法第六階位《聖別《デヴァイド》》」

質量を持った白い光が放たれ、床を割りながら向かってくる。剣から光の壁を生じさせ、相手の動きを誘導するための魔法らしい。

俺の伸ばした腕に、鎖が巻き付いた。

「よし、捕らえたよ！」

バロットが嬉しそうに声を上げる。

俺に《聖別《デヴァイド》》が直撃した。が、俺の手前まで床を割って突き進んでいた光の壁は、俺に触れた途端に消滅する。

《ルナエールローブ》の魔法耐性である。低位の攻撃魔法は俺には届かない。もっとも、当たったところで大したダメージはないが。

「何ですって……？」

ガランが顔を顰《しか》める。

「捕らえたのは、こっちの方ですよ」

俺は鎖の絡んだ腕を引く。バロットの身体が浮き、俺へと飛んでくる。

「嘘っ……！」

俺はバロットの顔面を殴り飛ばした。バロットの身体が飛んでいく。その勢いで、鎖鎌の鎖が引き千切れた。バロットは肩を地面に打ち付け、転がっていった。

「少し、眠っていてもらいます」

ガランが俺の背へと長剣を振るう。力を込めた大振りだった。俺は腕を後方に回し、指で刃を掴んで止めた。

「ここまでなんて……！」

ガランが呻《うめ》き声《ごえ》を上げる。

長剣を引こうとするが、俺の指で押さえているのでビクともしない。俺は逆の手で、腰の剣を抜いた。

「うっ……！」

俺は《英雄剣ギルガメッシュ》の一閃をお見舞いした。青白い輝きが宙に舞った。床と、そして届いていないはずの天井にまで、衝撃で巨大な亀裂が走る。ガランの長剣が砕け、《英雄剣ギルガメッシュ》の魔力に充てられて蒸発していく。

ガランは衝撃で吹き飛ばされ、地面に身体を打ち付ける。仰向《あおむ》けになり、弱々しく天井へと腕を伸ばす。

「で、出鱈目《でたらめ》過ぎる……こんな……」

俺は《英雄剣ギルガメッシュ》を鞘《さや》へと戻す。これで二人共、しばらく起き上がれないはずだ。

今の内に、ガランとバロットを操っていた本体を叩く。

「お前……本当に強いのな……」

俺の後ろに控えていたベネットが、そう口にした。

俺は彼らの奥にある、残った二つの棺を睨む。

「そこに隠れているんですか？　そろそろ出てきたらどうですか？」

片方の棺の蓋が揺れ、中から白い手が伸びて押し開ける。少し冷たい目をした、ショートボブの少女が起き上がった。綺麗に切り揃えられた前髪を揺らし、俺へと目を向けた。

「コトネ、さん……？」

「あら……カナタ」

コトネは無表情で、しかし少し寂しそうに言い、俺へと籠手を構えた。

「貴方のことは嫌いじゃないけど、ごめんなさいね。守ってあげるって言ったけど、事情が変わったの。殺すつもりで行くから、早く逃げなさい」

コトネが既に、《人形箱《パペットコフィン》》の主に負けていたとは思わなかった。まさか知り合いが出てくるとは思っていなかったので、俺もすぐには心構えができなかった。

俺は息を整える。

いや、きっと助ける方法はあるはずだ。むしろ《人形箱《パペットコフィン》》のために生かされることになった可能性を思えば、幸運だったのかもしれない。

「あら、あらあら……フフ、ウフフフ、貴方達、仲がよかったのね」

ガランが起き上がりながら、俺とコトネを見て、下品に笑った。

俺は目を細めた。意識を奪ったつもりだったが、少し手を抜きすぎたかもしれない。

「安心しなよ。この戦いが終わったら、君も僕達の仲間にしてあげるからさ。そっちの騎士君は残念ながらちょっとレベルが足りないかな。でも、君なら余裕で合格だよ、カナタ君とやら」

ゆらりとバロットが起き上がり、口許の血を拭ってから笑みを浮かべた。バロットは眉間に皺を寄せ、首を傾けた。

「あれ……でもそうなると、次の追い出し候補は僕になるのかな？　ガラン殿は僕より安定して強いし、コトネちゃんだって戦闘力は勿論、面白い《神の祝福《ギフトスキル》》を持っているからね。うう〜ん、まあ、仕方ないかあ」

ヘラヘラと笑いながら、恐ろしいことを平然と口にする。認識や思考が歪められているのだろうが、どうにも不気味な光景だった。

バロットは自身の手許《てもと》へと目線を落とし、鎖の千切れた鎖鎌を放り投げる。

「気に入っていたんだけれどなあ、これ。鎖ってトリッキーに戦えてさ、使い熟せるとなかなか楽しいんだよ。カナタ君も、機会があったら一度使ってみるといい」

俺は唇を噛んだ。

さすがに、二度連続で加減を誤ったとは思わない。恐らく《人形箱《パペットコフィン》》が、簡単に意識が飛ばないように精神を操っているのだ。身体の方も、限界まで酷使できるのかもしれない。

「ガラン殿、使ってくれ」

バロットが背負っている剣を革ベルトから外して手に取り、ガランへと投げた。ガランはそれを受け取り、俺へと構える。

「カナタ君……確かに君は、かなりレベルが高いみたいだ。でも、僕は、レベル上を相手にするときの戦い方にも心得があるんだ。フフッ、そうじゃないと、元々僕はここまで強くはなれなかったからね」

バロットは足にベルトで巻き付けていたナイフを手に取り、軽く宙を斬ってみせる。

「とっておきの猛毒ナイフさ。勿論こんなものだけでどうにかなるとは思っちゃいない。僕の手札はまだまだあるから、楽しみにしていてくれ」

俺はバロット、ガラン、そしてコトネへと順に目をやる。それから苛立つ気持ちを抑え、深呼吸をした。大丈夫だ。精神を操られているだけなら、治す術《すべ》はあるはずだ。

「……後でポメラさんを呼んで治療してもらいますから、許してください。ちょっと強めにいきますね」

「フフッ、舐められたものだね。でも、いいね。これくらいの戦いが一番燃えるんだ。もう一度、お手合わせ願おうかな、カナタ君」

バロットは強気にそう言って、楽し気に目を細める。

俺は奥の、最後の棺へと目を向けた。

未《いま》だに切り札を出し惜しみするつもりなのだろうか？　いや……恐らく、あの棺にこそ《人形箱《パペットコフィン》》の主が隠れているのではなかろうか。

相手が何者なのかはよくわからないが、言動の端々からある程度は推測できる。恐らくボスギンは、ガランやバロット同様に、《人形箱《パペットコフィン》》の操り人形でしかなかったのだ。本人の人格を残したまま行動を操れるこの奇怪な魔法は、相手を丸々乗っ取ることができる。この魔法を用いて《血の盃》に襲撃させ、彼らを目眩《めくら》ましにして《赤き権杖》を回収する算段だったのだろう。

そこまではわかるが、どうしても腑《ふ》に落ちないことがある。ガラン、バロットを好きに呼び出して暴れさせられるのであれば、ベネット達から《赤き権杖》を取り上げることなんて簡単だったはずだ。本人もそれなりのレベルを有しているに違いないのだし、《血の盃》を巻き込むのはあまりに回りくどい。

この《人形箱《パペットコフィン》》の主は、姿を現すことを異様に恐れている。自分の痕跡を誤魔化すために《血の盃》を使ったとしか思えなかった。この期に及んで隠れているのがその証明でもあった。

「操られた人達と戦っていても、埒《らち》が明かなそうですね。引きずり出してあげますよ」

俺は最後の棺を睨み、そう言った。

「《異次元袋《ディメンションポケット》》……《炎天弓ガーンデーヴァ》」

コトネの手許に魔法陣が輝く。彼女の手に、赤い炎を纏う大きな弓が現れた。

「おお、本来はハイエルフの王族か高位精霊にしか扱えない、破壊の弓……。そんなものまで持っていたのかい。さすが《軍神の手《アレスハンド》》だね」

バロットが驚いたように口を開け、コトネの燃え上がる弓を見た。恐らく、《軍神の手《アレスハンド》》の装備条件無効スキルで強引に扱っているのだろう。

「この人形ちゃん……ガランちゃんの魔法が通じないなら、直接やるしかないわね」

ガランがバロットから受け取った剣を構え、飛び掛かってくる。

バロットはその背後についた。ガランに隙を作らせ、確実に毒ナイフとやらを当てるつもりらしい。

コトネの炎天弓から矢が放たれる。一本の炎の塊を、俺は身体を逸らして回避した。

矢は壁に刺さるかと思ったが、纏う炎の熱が壁を溶かし、そのまま飛んでいった。矢の熱によって生じた大穴は赤く燃え上がり、その炎がどんどんと広がっていく。

「な、なんだあの威力……最早《もはや》、魔導兵器じゃないか。街中で気軽に放っていいものじゃない」

ベネットは炎天弓の威力に怯《おび》えていた。バロットもコトネも、自身の豊富な手札より、格上相手に通用し得る戦法を選んでいるらしい。

「精霊魔法第五階位《悪戯好きな光児達《トリックスター・ウィルオスプス》》!」

ガランを中心に魔法陣が展開された。魔法陣の光は集まって二人のガランを形成した。

この感じ……恐らく幻覚ではない。精霊の力を借りて、己の分身を作る類の魔法らしい。攻撃魔法は弾かれると考え、自己強化系統の魔法を使ってきた。

「本当に……戦い慣れてるんだな」

ガラン、バロット、コトネの三人の動き方でわかる。相手は俺とのレベル差を感じ、搦《から》め手、瞬間火力、そして手数強化に切り替えてきた。

考えなしに突っ込んできたわけではない。俺相手に勝てる手順を探りながら来ている。邪神官ノーツや蜘蛛《くも》の魔王マザーとは比べ物にならない場数を踏んでいることが窺えた。

三人のガランが、同時に三方向から斬り込んでくる。それに合わせてコトネが炎天弓の矢を放つ。この位置……俺に当てられさえすれば、ガランを巻き込むことは何とも思っていないようだ。

「さすがにこれは捌《さば》ききれないでしょう！　いくら貴方ほどの高レベル転移者でも、《炎天弓ガーンデーヴァ》の矢が当たれば、無傷ではいられないわよ」

ガランが叫ぶ。俺は魔力の流れより分身を見極め、二体に本気の蹴りをお見舞いした。ガランの分身が上下に引き千切れ、地面を転がって光に戻っていく。

そして本物のガランに足払いを喰らわせた。ガランが勢いよく倒れ、肩を床に打ち付ける。

「う、動きが、全く追えない……ここまでだなんて」

ガランが呻き声を上げる。

悪いが、ガランの足をへし折った。これで今度こそもう向かってくることはないはずだ。

「でも、これで《炎天弓ガーンデーヴァ》の矢は避けられないわぁ！」

俺は手で、《炎天弓ガーンデーヴァ》の矢を受け止めた。手元で赤い炎が爆《は》ぜそうになるが、押さえ込んで矢尻を握り潰した。俺の指の間より赤い炎が溢《あふ》れ出すが、手を振って消火した。ガランは目を見開き、俺の手許を睨んでいた。

続けて、ガランの陰から俺を刺そうとしているバロットの腕を摑み、押さえた。ナイフが俺の顔の前で止まる。バロットは手に力を込めるが、俺の腕を動かすことはできなかった。

だが、そのとき、妙なことに気が付いた。ナイフの黒い刃がガタガタと震え、紫の光を漏らし始めたのだ。

「これ、毒じゃない……」

「本当に強いね……カナタ君。でも、ここまでだよ」

バロットが笑う。ナイフだけでなく、バロットの身体に巻き付けてある武器の一部が、紫の光を漏らしてガタガタと震えだしていた。

《地獄の穴《コキュートス》》で見たことがある。これは《呪霊結晶《アグニラズ》》という、悪魔が魔法で加工して造り出す、魔力で起爆できる爆弾だ。ナイフだけでなく、《呪霊結晶《アグニラズ》》製の武器をいくつか紛れ込ませていたらしい。

「毒ナイフなんかじゃ、君相手にはどうにもならないだろう。悪いけど、僕と一緒に死んでもらうよ。この位置だと《人形箱《パペットコフィン》》はコトネちゃん以外全滅だけど、まあそれも仕方ない」

バロットはナイフを手から落とし、俺に抱き着いてきた。

「カッ、カナタァ!」

「ベネットさん、来ないでください！」

ベネットが大慌てで近づこうとするのを、俺は制した。

《呪霊結晶《アグニラズ》》が、巨大な黒い火柱を上げて爆発する。床が燃え、壁が崩れていく。

「危なかった……」

俺はバロットとガランを抱え、爆発から離れた所にいた。

ナイフだけなら蹴飛ばせば事が済んだが、バロットの武器に紛れ込んでいたものが厄介だった。

バロットの武器を全部捨てさせ、彼らを回収して逃げたのだ。

俺はバロットとガランを地面に転がす。彼らには悪いが、二人共手足の関節を折っている。

「お前……無敵かよ」

ベネットが、若干引いたように俺へと言った。

「……さすがにここまでだなんて、思わなかったわ。目立つ真似して、あの連中に目をつけられたくなかったけれど……どうやら、そういうわけにはいかないみたいね」

甲高い、幼い声が聞こえてきた。

最後の棺が、開いている。

コトネと並んで、金髪の童女が立っていた。

青と黒のドレスを身に纏い、リボンのついたカチューシャを頭につけていた。可愛らしい格好には似合わない、凶相の持ち主であった。

大きな目の下には、真っ黒な隈《くま》がある。幼い外見に似合わず、その瞳には残忍な光が宿っている。苛立たしげに噛んだ指先からは血が流れていた。

手には、真っ赤な杖が握られている。毒々しいくらいに濃い赤一色であった。やや玩具《おもちゃ》っぽい外観のあれが、《赤き権杖》なのだろうか？

纏う雰囲気やオーラに、人外の魔があった。この感覚は、ルナエールの放つそれに近かった。

4

「《呪霊結晶《アグニラズ》》の爆風に乗じて不意打ちしてやるつもりだったけれど、まさか、その隙さえ見せないなんてね」

金髪の童女は、神経質そうに己の指を噛みながら俺を睨む。

喋《しゃべ》り方《かた》や動きのクセ、雰囲気は、人格が塗り替えられたガランのものと似ていた。どうやらこの童女が《人形箱《パペットコフィン》》の発動者のようであった。

ベネットが童女を見て、信じられないというように表情を歪める。

「あの外見に、高位の死霊魔法……まさか、《屍《しかばね》人形のアリス》!?」

俺はちらりとベネットへ目をやった。

どうやらロークロアの有名人らしいが、例によって俺にはその知識がない。二つ名を口にされても今一つピンとこない。

「……知らないのか？」

ベネットの言葉に、俺はこくりと頷く。

「《屍人形のアリス》は、リッチになった魔術師だ。本物のアリスだったら、その気になれば国一つを相手にすることさえできるといわれている。《人魔竜》の中でもかなり上位に入る、本当に危険な存在だ」

「リッチ……」

やはりそうだったか。纏う雰囲気が、ルナエールに近い。それに、あんなに幼い少女が、何の理由もなく高いレベルを有しているとは思えない。

「だが……こいつは、八十年も前に死んだとされている。以来、全く目撃情報がなかったんだ！　どうしてこんな、急に……！」

ベネットはそう言うが、恐らく正確ではない。きっと《人形箱《パペットコフィン》》があったために、表に出てくる必要がなかったのだ。一国を相手にするほどに強いのであれば、こそこそ隠れて活動する必要はないと思うが、アリスは姿を晒すことを好まなかったらしい。

リッチとなると、人間とは違い時間に縛られない。ルナエールがそうであったように、極端に高いレベルを得ることも難しくないはずだ。

……となると、今回ばかりは厳しいかもしれない。リッチであるルナエールのレベルは推定５０

00以上だ。俺より遥かに高い。

「《ステータスチェック》！」

まず、相手が動く前にレベルを確認するべきだ。コトネを見捨てるわけにはいかないが、相手が自分より上だったら、動き方をかなり考えなければいけない。どうにかしてフィリアを呼び戻す必要がある。

アリス・アズキャロル
種族：リッチ
Lv　：666
HP　：2997／2997
MP　：2687／3396

……蜘蛛の魔王マザーのレベル1000は超えているかと思っていた。《人魔竜》の上位で、こんなものなのか……？

ルナエールは、リッチだから強いわけではなく、単に彼女が強いのだなと、今更ながらにそう再認識した。今振り返ると、マザーは本当に、この世界ではかなり強かったのかもしれない。

「に、逃げるぞカナタ！　アリスは本当に格が違う。あの魔人が生きていたことだけは、何としてでも王家に報告しないと……！　もはや《赤き権杖》どころじゃない！　この魔法都市はもう終わりだ！」

ベネットが目を白黒させ、俺の腕を必死に摑みながらそう叫んだ。俺は腕を軽く振って、ベネットを払った。

「どうにかしますから、ベネットさんは離れておいてください。あれくらいなら俺だけでも対処できますから」

「そっ、そんな軽々しく言うな！　確かにお前は、僕なんかよりずっと強い！　だが、アリスはほとんど伝説の人物だ！　《百魔騎》だとか《ダンジョンマスター》だとか、もうそういう次元じゃない！」

ベネットはそう言って、剣を構えた。

「僕では逃げきることさえできないだろうが、お前ならできるはずだ。僕だって、騎士だ。や、やってやるぞ！　ちょっとでも気を引いてやる。いいか？　三つ数えたら、後方へ全力で跳べ。なに、こうなった以上、王家だって《赤き権杖》のことで僕を咎《とが》めたりしないさ。……父様には、僕が騎士として死んだと伝えてくれ」

「いえ、本当に大丈夫なんで……」

ベネットのその気持ちは嬉しいが、レベル600台程度ならどうとでもなる。

「信用できないのか？　フ、フン、僕だってやるときはやるさ。こう見えても……剣術には、それなりに自信がある」

「……そう、最近の転移者は、レベルを見られるんだったわ。カナタ、ね。確かに、さっきまでの貴方を見る限り、私くらいならどうとでもできるでしょう」

俺を疑うベネットとは裏腹に、アリスは険しい顔であっさりと俺の言葉を肯定した。ベネットはショックを受けた表情でアリスを見て、その後俺を振り返った。

「なんでこんな化け物が、脈絡もなく突然現れて、わざわざ穏便に行動してる私なんかの前に出てきたのかわからなかったけれど……貴方、そう、バグね」

「バグ……？」

「フフ、自分だけが特別だと、思い上がらないことね。貴方みたいな例が、全くないってワケじゃないのよ。この世界には極稀に、上位存在の調整不足で、とんでもないレベルの持ち主が現れる。固有の《神の祝福《ギフトスキル》》が災いすることが主ね。そういう存在は過去には、バグと、転移者の言葉でそう呼ばれていたわ」

「それが、なんだと……」

「貴方、上位存在に、この上なく嫌われているのでしょう？」

アリスの口が、大きく裂けた。ギザギザの凶悪そうな歯が露《あらわ》になり、赤紫の長い舌が伸びた。可愛らしい顔が、一気に凶相へ変貌する。

レベルで大幅に勝っているため、この戦いで負けることはないと、そう思っていた。だが、背筋にぞっと冷たい感覚が走った。アリスは、明らかにナイアロトプ達に対する深い知識があった。

アリスは俺が遥かにレベル上であることを認めながら、それでもなお、自分が有利であるという何らかの確信があるようであった。

「フフ、可哀想《かわいそう》な貴方に教えてあげるわ、カナタ。上位存在はバグを、なるべく最小限の干渉でなかったことにしようとするものなのよ。いつの時代だって、それは同じこと……。そして、上位存在に打ち勝ったバグなんて、ただの一人だっていないわ。だって、本気で干渉すれば、極端な話、連中はこの世界ごとバグを殺すことだってできるんだもの」

俺はごくりと唾を呑《の》んだ。

確かに、ナイアロトプは間違いなく俺のことが嫌いだろう。最初から殺すつもりで《地獄の穴《コキュートス》》に捨てたのだ。

元々ナイアロトプは、この歪《いびつ》な世界を管理するに当たって、高レベルの人間の数を制御してバランスを保とうとしているのかもしれない。個人の戦力差が簡単に開くこの世界では、そういう干渉があってもおかしくない。

だとすれば、自分の手許を完全に離れてレベル４０００になった俺を、どうにか処理したいと考えていてもおかしくない。それは好き嫌いの感情を超えた、明確な障害の排除だ。

アリスは瓦礫《がれき》の上に乗り、傍らのコトネの頬をべろりと舐めた。コトネはそれに気が付いていないかのように、表情一つ変えない。

「なんでこんなにあっさり《赤き権杖》と《軍神の手《アレスハンド》》が揃って手に入ったのか、これで全て合点がいったわ。最初から仕組まれていたのね。上位存在は、私に貴方を殺させようとしているのよ。でも、私に《赤き権杖》を制御させた方がマシだと連中に思わせるなんて……貴方、随分ととんでもないことをしでかしたのね」

第五話 ▪ 《赤き権杖》

1

「さあ、《軍神の手《アレスハンド》》……これを使いなさい。貴女《あなた》ならば、前所有者とは比べものにならない程に、かの精霊の力を発揮できるはずよ」

アリスはコトネの手に、押し付けるように真っ赤な杖《つえ》……恐らくは、《赤き権杖《けんじょう》》を握らせる。

コトネはそれを受け取ると、がくんと肩を震わせ、頭を押さえる。

「……杖から、声が、する。知らない言語だけど……私には、わかる」

コトネが虚《うつ》ろな目でブツブツと呟《つぶや》く。

「コトネさん……？」

コトネの様子が明らかにおかしい。アリスに操られて言動がちぐはぐにはなっていたが、重ねて《赤き権杖》から何らかの干渉を受けているようだった。

「あんなのと会話できるなんて、フフ、思っていた以上なのね。私の見込みに間違いはなかったわ。上位存在の干渉もあったのでしょうけれど、王家も本当に愚物ばかりのようね。本質も知らずに、こんなものを英雄様に持たせようだなんて。できればこっそり回収したかったけれど、最早《もはや》その猶予はないようね」

アリスは満足げに笑う。

「さあ、私の《軍神の手《アレスハンド》》よ、おやりなさい！　かつてたった一体で世界を崩壊させた邪精霊の、その圧倒的な力を見せてやるのよ！」

アリスの宣言に、コトネが《赤き権杖》を掲げる。

「炎魔法第十五階位《炎神の怒り《アグニィーラ》》」

コトネの周囲に、巨大な無数の魔法陣が展開された。アリスはそれを見回し、表情を失ってぽかんとしていた。だが、すぐに不気味な笑みを取り戻した。

「凄《すご》い、凄いわよ《軍神の手《アレスハンド》》！　まさか、人類種の限界とされた、第十三階位を簡単に超越するだなんて！　《軍神の手《アレスハンド》》！　《赤き権杖》を完全に制御した貴女《あなた》は、最早、上位存在とも並ぶ存在になったのよ！」

アリスのけたたましい笑い声が響く中、魔法陣から巨大な炎の塊が現れ始める。炎の塊は、苦悶《くもん》の表情を浮かべる人頭を模しているようだった。あっという間に建物全体に広がっていく。

姿を現した炎の塊は、その一つ一つが、俺とベネットに照準を定めていた。

「な、何がっ、何が起きてるんだ？　僕は、何を目にしているんだ？　ここは、地獄なのか……？」

ベネットは茫然《ぼうぜん》と立ち尽くしていた。構えていた剣を持つ手も、だらりと床へ垂れていた。最早自分には一切の抗《あらが》う術《すべ》がないと、コトネの魔法を見てそう認識してしまったようだ。

コトネが《赤き権杖》を下ろす。大量の炎の塊が、俺目掛けて飛来してくる。

「馬鹿な子ね。大人しくしていれば、上位存在もここまで躍起になって貴方を消しには来なかったでしょうに」

俺は《英雄剣ギルガメッシュ》を天井へと向けた。

「炎魔法第二十階位《赤き竜《アポカリプス》》」

俺を中心に、巨大な赤い魔法陣が展開される。巨竜を模した豪炎《ごうえん》が現れる。竜は周囲を飛び回り、飛来してくる人頭の炎を呑《の》み込み、建物の壁を崩し、天井を完全に破壊して空へと飛び立っていった。

「第十五階位程度じゃ、奴《やつ》らには届きませんよ」

俺はそう言い、アリスを睨《にら》んだ。アリスは強張《こわば》った笑みのまま硬直していた。

「ど、どうなった？　生きている……？　えっと……助かったのか？」

地面にしゃがみ込んで震えていたベネットが、そうっと俺を見上げ、恐々と首を伸ばす。

「もう、諦めてください。今のではっきりしたはずです。その杖では、俺は倒せませんよ。コトネさんはあなたの道具ではありません、早く解放してください」

俺が歩いて近づくと、アリスは背後へと退《ひ》いた。

「う、嘘《うそ》……どうして？　どうしてこんな、ぽっと出の転移者が、これだけの力を……？　これじゃ、《赤き権杖》があったって……」

「それとも、あなたを殺せば解放されるんでしょうか？」

俺は《英雄剣ギルガメッシュ》をアリスへと向けた。アリスは信じられないものを見る目で、俺の剣を睨み付ける。

死霊魔法は扱いが複雑なものが多い。コトネは生きているはずだが、魂をアリスに摑《つか》まれているような状態だ。下手にアリスを殺せば、コトネが廃人になりかねない。どうにかアリスを生かしたまま捕まえたかった。

「そう……そういうこと。フフ、フフフフフ、アハ、アハハハハハ！　貴方、そこまで上位存在から嫌われていたのね！」

アリスが恐怖を押し殺すように、自身の指を嚙《か》む。手が、彼女の血で汚れていく。怯《おび》えるように彼女の肩が震えていた。

「いいわ、なら、とことんやってあげるわ！　《軍神の手《アレスハンド》》！　邪精霊の、《赤き権杖》の封印を完全に解きなさい！　武器の真髄を発揮するための制限が一切ない貴女なら、それができるはずよ！」

アリスの叫び声に、コトネが開いた天井へと《赤き権杖》を掲げる。《赤き権杖》より、赤黒く強い光が放たれた。周囲一帯を塗り潰していく。

まだ何かやるつもりなのか……！　俺は《英雄剣ギルガメッシュ》を宙へと向けた。

空中に、巨大な化け物が現れていた。それは《赤き権杖》のように毒々しい赤で全身が覆われていた。まるで濃い塗料で厚く塗られた岩のようだった。

形状としては、柱に大きな老翁の顔がついた、真っ赤な彫像だった。老翁の顔に表情はなく、目は固く閉じている。頭には、十字架のついた冠が載っていた。

不可解だが、敢《あ》えて言うならば、チェスのキングを思わせる姿だった。化け物の周囲は、空間が歪《ゆが》んでいた。

光が出鱈目《でたらめ》に曲げられているかのようだ。

「なんだ、アレは……？」

明らかに、そいつはこの世界において異質な存在だった。

「フフ、さすがの貴方も、怖いでしょう？　ねぇ？　私だって怖いもの。レッドキング……かつて上位存在が、他の世界を終わらせるのに用いたとされている、最悪最凶の大精霊よ。こんなものを、それと知らずに宝物庫に抱えて、挙句の果てに雑魚を使って外に持ち出したなんて、本当に傑作だと思わないかしら？」

アリスは蒼褪《あおざ》めた顔に、大きく口を開けて笑っていた。

「別世界を一度終わらせた化け物だと……？　カカッ、カナタ、あ、あれ、あれが、精霊、なのか……？　あんなものが、精霊なのか？」

ベネットが俺のローブの裾を、ぐいぐいと不安げに引っ張る。

「わかりませんが……鏡の悪魔ではなかったようで、少しだけほっとしました」

「なっ、何を言ってるんだ！」

俺はちらりと魔法袋へ目をやった。一瞬、まさか《歪界《わいかい》の呪鏡》から悪魔が逃げたのかと思った。

俺は《ステータスチェック》でレッドキングを確認する。

種族：レッドキング
Lv　：3227
HP　：19685／19685
MP　：16780／16780

ステータスを確認し、俺は息を呑んだ。

「そこそこ強い……！　街中央の上部に陣取られたのは、まずいかもしれません」

「そこそこ……？」

ベネットが顔に疑問符を浮かべてこっちを見る。

「どうしたの、《軍神の手《アレスハンド》》！　レッドキングを、こっちに呼び戻しなさい！　あんなに距離があったら、私達《たち》を守れないじゃない！」

アリスがコトネに怒鳴る。

「……制御、できない」

「なんですって⁉」

そのとき、コトネの掲げていた《赤き権杖》に罅《ひび》が入り、砕け散った。

レッドキングが、完全に《赤き権杖》の支配下から逃れた。

レッドキングの全身から、再び強烈な赤黒い光が放たれる。影像の身体《からだ》から幾重にも魔法陣が展開されていく。

レッドキングから機械音を組み合わせたような雑音が漏れた。俺の認識できない言語だったのかもしれない。何かが、来る……。

空に、一辺が十メートル程度の、真っ赤な立方体が大量に浮かんだ。それらの立方体は、俺のいる建物内へと降り注いできた。

「……封印を解いてあげた私ごとやるつもり？　知性がない……いえ、人間に興味を持っていないのね……。《軍神の手》《アレスハンド》、私を守りなさい！」

アリスに命じられたコトネが、空へと手を掲げる。

「《異次元袋》《ディメンションポケット》……《白王盾アルビオン》！」

白くて分厚い、岩の塊のような盾がコトネの手の先に現れる。

「これだけ距離があると、使える魔法が限られてきますね」

俺は《英雄剣ギルガメッシュ》を空に向け、魔法陣を展開する。

「炎魔法第二十階位《赤き竜《アポカリプス》》」

剣先から現れた豪炎の巨竜が、立方体を破壊しながら空へと昇っていく。あっという間にレッドキングへと接近し、巨大な爪を振りかぶった。

だが、《赤き竜《アポカリプス》》の炎の爪は、レッドキングの手前で静止した。豪炎の巨竜は爪をレッドキングへと突き立てようとするが、やはり進まない。

レッドキングの体表近くの空間が歪んでいるように見える。恐らく、あれに邪魔されているのだ。

「フ、フフ、残念だったわね。《赤き権杖》の前所有者が使ったとされる、魔法を完全に遮断する障壁ね。もっとも、出力は桁外れでしょうねえ」

つまり、常時空間を歪ませているレッドキングは、魔法への完全耐性を持っていることになる。

あの高度で魔法が通じないのは厄介だった。

アリスがそう口にした次の瞬間、《赤き竜《アポカリプス》》の爪が、空間の歪み越しにレッドキングをぶん殴った。閉じていたレッドキングの老翁の目が見開かれ、大口を開けていた。側部に大きな罅が入り、そこから《赤き竜《アポカリプス》》の炎が噴き出している。

「あの目、開くものなのか……」

豪炎の巨竜は、一撃入れたことに満足したように宙に散って消えていった。

「レッドキングには、魔法を完全に遮断する能力が……」

アリスは茫然と空を見つめながら、さっきと同じ言葉を繰り返していた。

しかし、魔法耐性が尋常ではないのは間違いない。同レベルの悪魔なら、《赤き竜《アポカリプス》》の直撃を与えれば一撃で倒せるくらいだ。

だが、レッドキングはまだピンピンしている。おまけに上空を自在に飛び回ることができるとなると、被害を抑えながら戦うのは難しい。

《赤き竜《アポカリプス》》が潰しきれなかった、レッドキングのばら撒《ま》いた立方体の一部が落ちてきた。

「結構これ、やばそうですね。ベネットさん、背後に隠れていてください」

「わかった！」

ベネットは二つ返事でそう言うと、ダッシュで俺の背中に引っ付き、身を屈《かが》めた。

俺は《英雄剣ギルガメッシュ》を素早く振るい、赤い立方体を斬った。真っ二つになった立方体が、各々粉々になって宙を舞う。続けて巨大な立方体が立て続けに二つ落ちてきたので、それも両断した。

「……本当にアレ、危ない奴だったのか？　砂でできてるみたいな散り方をしたぞ？」

ベネットが俺の背から、そうっと首を伸ばす。

そのとき、俺の方へ飛来してきたものよりも小さな立方体が、アリス達の方へと向かっていった。コトネの構えていた分厚い《白王盾アルビオン》が、立方体に触れた瞬間に粉々になっていた。衝撃で床と壁が崩れ、コトネとアリスが崩壊に巻き込まれていく。

叫び声を上げるアリスの姿が、落ちてきた立方体の欠片《かけら》に埋もれ、見えなくなった。コトネの姿も土煙の中に消える。

「コトネさんっ！」

死霊魔法の《人形箱《パペットコフィン》》を安全に解除させるまでは、アリスに死なれるわけにはいかないのだ。

助けに向かうべきか……？　いや、レッドキングは俺の方に照準を定めている。戦いが長引けば長引くほど被害は大きくなる。生きてくれている方に賭けて、今は一秒でも早くレッドキングを倒し切るべきだ。

レッドキングはやや強めの《歪界の呪鏡》の悪魔程度だが、それでも充分危険なのだ。《歪界の呪鏡》の悪魔であればルナエールの庇護《ひご》の下散々倒したので弱点も攻撃も思考パターンもある程度読めるが、レッドキングにはそれがない。

直撃をもらえば、俺でも一撃でやられかねない。だが、慎重に様子を見つつ戦えば都市の被害が大きくなる上、コトネが手遅れになりかねない。危険を承知で短期決戦に臨むしかない。

「あ！　み、見ろ、カナタ、やったぞ！」

ベネットが嬉《うれ》しそうにそう口にした。

何事かとレッドキングへと意識を戻し、俺は恐ろしいことに気が付いた。さっと血の気が引くのがわかった。

「あの赤い塊、遥《はる》か空高く逃げていくぞ！」

ベネットの言葉通り、レッドキングは物凄い速さで上昇していた。《赤き竜《アポカリプス》》の一撃を受け、逃走を決意したようであった。

「う、嘘だろ……あんな荘厳な姿をして物々しく登場までしたのに、逃げるのか……？」

予想だにしていなかった。《歪界の呪鏡》の悪魔は格上のルナエール相手でも襲い掛かるので、ああいう系統の化け物は皆そうなのだと、俺は勝手に思い込んでいた。まさか、一発もらってダッシュで逃げ出すとは思わなかった。

だが、逃走は喜べない。アリスの話が本当であれば、一度別の世界を破壊し、長らく杖に封印されていた邪精霊だ。

封印を解かれると同時に俺達にも攻撃を仕掛けてきた。あんなのを野放しにしていたらどうなるかわかったものではない。何せ、レベル１０００の魔王が出ただけで大騒ぎになるのだ。

2

「ベネットさん、レッドキングに止《とど》めを刺してきます」

「ああ、そうだな。あの化け物が去った以上、残る脅威はアリスだけだ。カナタなら、奴をどうにか……！」

俺はベネットの言葉に首を横へ振った。

「いえ、ですから、レッドキングを倒してきます」

「ええっ！　あ、あっちは、もうよくないか？　逃げてくれたんだし……とりあえずは……」

「そういうわけにもいきませんよ。ちょっと追い掛けてきます」

「そ、そうか、お前が追う側になるのか……」

ベネットは困惑げにそう口にした。

ただ、レッドキングは上空に逃げてしまった。障壁があるため、遠くからの魔法攻撃もあまり有効ではない。

風を操って空を飛ぶ魔法もあるが、あまり細かい制御の利くものではない。当然、空には足場もないため体勢を整えることも難しい。レベル３０００を相手にこの不利を負って戦うのは厳しかった。

「ウルに乗せてもらいますか」

この間契約した精霊、ウルゾットルだ。高レベルの精霊は重力にあまり縛られない、ルナエールからそう教えてもらったことがある。

元々高位の精霊は、精霊界にある大きな樹《き》、ユグドラシルで暮らしていることが多い。レッドキングが自在に飛び回っているように、ウルゾットルも浮遊能力があるはずだ。

「ウル……？　なんだ、それは？」

ベネットが不審そうに尋ねる。

「犬の精霊です。可愛《かわい》い子ですよ」

「そいつ、本当にあの化け物と戦えるのか？」

俺は《英雄剣ギルガメッシュ》を掲げる。

「召喚魔法第十八階位《霊獣死召狗《ウルゾットル》》」

魔法陣が広がる。その中央に、全長三メートルの、青い美しい毛を持つ巨大な獣が現れた。金色の目が、俺を見た後、ベネットへ移る。二又の尾がゆっくりと揺れた。

ウルゾットルの口が開く。大きな牙の間から垂れた唾液が、地面を溶かして煙を上げた。ベネットは目を見開いて眉間に深く皺《しわ》を寄せ、驚いた顔でウルゾットルを見つめていた。

「アオオオオッ！」

ウルゾットルが興奮したように俺へ突進してくる。俺は《英雄剣ギルガメッシュ》を鞘《さや》へ戻し、腕を広げてウルゾットルの体当たりを受け止めた。俺はだらんと脱力したウルゾットルの頬へ手を伸ばし、撫《な》でた。

「すみませんウル、また少しお願いしたいことがあって」

「アォッ、オオッ！　クゥン、クゥン！」

ウルゾットルはぐいぐいと俺の手に頬を押し付けてくる。

つい和みそうになるが、俺は手を引いた。ウルゾットルは残念そうに項垂《うなだ》れるが、俺の様子を見て急用だと察したようで、鳴くのをやめて静かにしてくれた。

俺は空のレッドキングへと目を向けた。ウルゾットルも俺の視線を追って空を見上げる。

「あれを追い掛けるのに協力してほしいんです。お願いできますか？」

ウルゾットルはこくこくと頷《うなず》いた。

「お、お前……なんて化け物と、精霊契約してるんだ……」

ベネットはゆっくり後退し、ウルゾットルから距離を置く。余程警戒していると見えて、手が自然に鞘へと伸びていた。

「ウルは可愛いですよ」

「感覚が麻痺《まひ》してるぞ……」

俺はウルゾットルの背に乗った。

ウルゾットルは地面を蹴り、勢いよく飛び上がる。そのまま空中を駆け、一直線に遠ざかるレッドキングへと向かった。

「凄い、これならすぐ追い付けそう……！」

だが、レッドキングは俺達に気が付くと、彫像の老翁の顔を歪め、ぐんぐんと速度を引き上げていく。必死の形相だった。

「あの顔、あんなにすぐ変わるのか……」

散々攻撃を仕掛けておいて不利と見ればすぐ逃げるとは、物々しい逸話に反して俗っぽく見える。

レッドキングの周囲に、大量の魔法陣が展開される。また無数の真っ赤な立方体が現れ、俺目掛けて飛来してくる。

俺は《英雄剣ギルガメッシュ》を振るい、それらの立方体を両断していく。だが、レッドキングに阻まれ、思うように接近できない。

「だったら、これでどうですか！」

俺はレッドキングの頭上へ《英雄剣ギルガメッシュ》を向ける。

「時空魔法第十九階位《超重力爆弾《グラビバーン》》」

レッドキングの頭の上に黒い光が広がり、空間を巻き込んで一気に暴縮《ぼうしゅく》を始める。レッドキングはそれから逃れようと、俺の方へ下りてきた。

魔法に強い耐性があるとはいえ、《超重力爆弾《グラビバーン》》の直撃は嫌だったらしい。レッドキングの障壁も空間を歪ませて魔法を妨いでいるようなので、同じく空間を歪ませる時空魔法による攻撃にはやや耐性が薄いのかもしれない。

何にせよ、これで距離を詰められた。俺は真っ赤な立方体を切断し、一気にレッドキングへ肉薄する。そして《英雄剣ギルガメッシュ》の大振りを放った。

老翁の顔面の鼻の高さに、横一閃《いっせん》の斬撃が走った。表情が苦痛に歪む。

ウルゾットルはレッドキングの上部へと駆け上がり、身を翻してレッドキングへと向き直った。

「すみません、ウル、仕留め損ねました。思ってたより、かなり頑丈だったみたいです」

レッドキングの顔が、俺への怨嗟《えんさ》の目を向ける。

また、大量の魔法陣が並行展開していく。

だが、上は取った。これ以上レッドキングは逃げられない。これで決着をつけられるはずだ。

レッドキングの顔が、怨嗟から一転、俺を嘲弄するようなものへと変わった。細めた目が醜悪に歪む。悪意が、そこに滲《にじ》み出ていた。

「まさか……！」

放たれた真っ赤な無数の立方体は、魔法都市マナラークへと広がりながら落ちていく。一つとて、俺目掛けては飛んでこなかった。

「ウル、下降してください！」

しまった、都市を狙ってきた！

おかしくてたまらない、というふうにレッドキングが笑う。

レッドキングは、理解不能な災害のような化け物と思っていた。だが、違う。レッドキングは、徹底して小細工に頼り策を弄する、悪意の塊のような奴だった。

理解不能な破壊の化身は、あくまで余裕があるときの姿だった。追い詰められて地が出ている。

俺は《双心法》を用いて、同一の魔法陣を二つ同時に展開した。

「炎魔法第二十階位《赤き竜《アポカリプス》》！」

二体の炎の竜が現れ、宙を駆け、レッドキングの放った立方体を破壊する。取り零《こぼ》しも、ウルゾットルに乗った俺が《英雄剣ギルガメッシュ》で両断した。

俺は《英雄剣ギルガメッシュ》を持つ腕を伸ばし、レッドキングのばら撒いた立方体の、最後の一つを破壊した。

どうにかレッドキングの都市への攻撃は防げた。しかし、この調子だと、安易に上を取るのは危険だ。これで都市部への攻撃が俺に対して有効だと判断しただろう。

「……追い込まれて、本性を出したか」

俺が刃を振り切ってレッドキングへと向き直ったとき、新たに展開された真紅の立方体が、ウルゾットル目掛けて放たれていた。都市への攻撃で俺達を動かし、そこに隙を突いて単発の攻撃を放ってきた。

「ウル、後退してください！」

俺の叫びに、ウルが退く。

俺は《英雄剣ギルガメッシュ》で刺突を放ち、立方体を破壊した。その立方体の後ろに、一回り小さな二発目が隠されていた。

急いで刃を戻すが、間に合わなかった。俺の腹部に、赤い立方体の、尖《とが》った角がめり込んできた。

吐き気が込み上げてくる。俺は血の混じった唾を吐き出した。

「ぐぅっ……！」

俺は立方体を横に弾《はじ》き、《英雄剣ギルガメッシュ》の刺突を当てて砕いた。レッドキングは、徹底して都市を囮《おとり》に俺の隙を拾う戦法に移行していた。

「クゥン……」

ウルゾットルが心配そうに俺を見つめる。

「大丈夫です。大したダメージではありません」

都市を標的にされた時点で、こちらにあまり余裕はなくなった。やはり、強引にでも一気に攻めて倒しきるしかない。頑丈なレッドキングも、後一撃まともに《英雄剣ギルガメッシュ》の攻撃を受ければ、耐えきれないはずだ。

「次に大量展開される前に終わらせましょう。発動する前に倒してしまえば、あの攻撃も中断させられるはずです」

ウルゾットルは俺の声に頷き、宙を蹴って一気にレッドキングへと肉薄する。この方針は、次に都市を狙っても発動前に倒してやる、というレッドキングへの警告でもあった。

レッドキングは一瞬迷いを見せた後、俺目掛け、単発の赤い立方体を立て続けに放ってくる。俺はそれを刃で破壊していく。レッドキングの老翁は、必死の形相だった。

俺はまた《超重力爆弾《グラビバーン》》を置き、レッドキングが逃げられないように動きを制限する。もう少しで距離を詰められる……というところで、俺の進路に赤い立方体を放たれた。老翁の顔は、これで今回もやり過ごせる、と安堵《あんど》していた。

「突っ込んでください、ウルゾットル！　これ以上、長引かせるわけにはいきません！」

ウルゾットルが突進する。俺は身体で自身より大きな赤い立方体を受け止めた後、横へ弾くと同時に刺突を放って破壊した。胸骨が折れたような感覚があったが、今は気にしてはいられない。

レッドキングは歯嚙みをし、遥か下方に大量の魔法陣を展開させる。魔法都市を破壊する、という脅しだった。

だが、今更間に合うわけがない。隙を晒《さら》してくれたおかげで、全力の大振りが放てる。

「ウル、ありがとうございました」

俺はウルの背を蹴り、レッドキングへと飛び上がった。

「一撃で倒せないとわかれば早々に逃げて、それもできなければ第三者ばかり狙うだなんて……。キング、というほどの格ではなかったな、小悪党。お前には、ポーンがお似合いだ」

俺は《英雄剣ギルガメッシュ》で、縦の一閃を放った。レッドキングに縦の亀裂が走り、身体の左右がズレた。老翁の顔面も、驚愕《きょうがく》の表情のまま割れていた。

細かい罅が入り、砕け散っていくレッドキングの中央部から、真っ赤に輝く球体が姿を現した。

「レッドキングの、核……？」

球体は膨張した後、一気に収縮し、黒く変色していく。俺はそれを見てはっとした。これは、《超重力爆弾《グラビバーン》》の爆発前に似ていた。

自爆するつもりなのか……！　ナイアロトプが、わざわざ俺を始末するために用意した、というアリスの妄言にも、これで信憑性《しんぴょうせい》が出てきた。

「端から駒交換狙いだなんて、やっぱりキングのやることじゃないだろ！」

俺は唇を嚙んだ。

「クゥン……」

ウルゾットルが不安げに俺を見上げる。

「ありがとうございました、ウル。後は、どうにかしてみせます」

ウルゾットルが光に包まれ、姿が薄れていく。俺は宙に投げ出された。

「クゥンッ！」

ウルゾットルは抗議するように鳴いて、その姿が消えた。

精霊界に送り返したのだ。ウルゾットルは俺よりレベルが低い、巻き込まれたらまず助からないだろう。俺ならば即死は免れるかもしれないし、それに対応策がないわけではない。

「時空魔法第十二階位《低速世界《スローワールド》》」

魔法陣を展開する。レッドキングの核が、紫の光に包み込まれる。

範囲内の全ての時間の流れを遅くする魔法だ。戦闘での使い勝手はそれほどよくないが、ひとまずこれで爆発が起こるまでの時間を稼ぐことはできる。

俺の残りの魔力をつぎ込むつもりで、最大出力で放った。かなりの時間を稼げるはずだ。この間に転移で距離を稼げば、爆発の範囲外まで逃げられる。

「上空だったのが幸いだった。下だったら、レッドキングの自爆でどれだけ被害が出ていたか……」

俺は双心法で時空魔法の《短距離転移《ショートゲート》》を連打し、下へと逃げる。《低速世界《スローワールド》》でそれなりに時間は稼げるはずだが、いつ爆発するかはわからない。長距離間用の転移を使うより、《短距離転移《ショートゲート》》を連発した方が安全だと判断したのだ。

「結界魔法第二十六階位《虚無返し《ヴァニティア》》」

そのとき、どこからともなく、微《かす》かに男の声がした。レッドキングの核に重なって黒い魔法陣が展開され、《低速世界《スローワールド》》の紫の光が散った。

「えっ……」

何が起きたのか、わからなかった。ただ、何者かが横槍《よこやり》を入れ、俺の《低速世界《スローワールド》》を無効化したのだということは理解できた。

アリスではない。明らかに声が違ったし、この階位の魔法を使えるわけがない。

レッドキングだとも思えない。あのルナエールでさえ、第二十六階位の魔法を使っているところは見たことがない。レベル３０００ぽっちのレッドキングが使えるわけがない。

いや、俺はあの声に、聞き覚えがあった。

レッドキングの核が一気に膨張した。俺の視界を、赤黒い爆炎が覆い尽くしていく。

3

黒い爆炎が襲い掛かる。俺はその刹那、咄嗟《とっさ》に使おうとしていた《短距離転移《ショートゲート》》の魔法陣をやめ、その一部を転用して《異次元袋《ディメンションポケット》》を発動した。中から取り出した《歪界の呪鏡》に身を隠す。

あの悪魔達を封じ込めている鏡ならば、レッドキングの自爆も防げるはずだと考えたのだ。しかし、一歩間違えればあの悪魔達を外に逃がしかねない暴挙であると、遅れて俺はそう思い至った。

鏡越しに、豪炎の巨腕に殴られたかのような衝撃だった。全身に熱が走り、俺は地上へと叩《たた》き落とされた。

上空にいたはずだが、地面と衝突するまで一瞬だった。俺は瓦礫《がれき》に肩から突っ込むことになった。地面が、落下の衝撃で大きく抉《えぐ》れる。

俺は辛うじて摑んでいた《歪界の呪鏡》を見て、ほっと息を吐いた。これを手放していれば、とんでもないことになっていたはずだ。

俺が咳《せ》き込むと、口から黒い煙が出た。さすがに身体のダメージが凄《すさ》まじい。だが、どうにか生きている。ルナエールから《歪界の呪鏡》を渡されていなければ危なかったかもしれない。

「カ、カナタ、無事だったんだな！」

ベネットが駆け寄ってきた。

「ええ、どうにか……」

俺は苦笑しながら立ち上がろうとしたが、足の力が抜け、その場に倒れてしまった。思ったよりダメージが響いている。ルナエールのローブを汚してしまったかと自分の身体を見るが、ローブは綺麗《きれい》なものだった。俺はほっと息を吐く。

「無理するなよ、カナタ！　おい、そこの冒険者！　ぼさっと見てないで、白魔法使いを呼んで来い！」

……この騒動で、本当はいい奴なんじゃなかろうかとベネットを見直し始めていたが、やっぱり冒険者への高圧的な態度は変わっていないようだ。

「それより、コトネさんや、他の操り人形にされていた人達は、どうなりましたか？」

俺がベネットへと声を掛けたとき、背後から何かが飛び出して抱き着いてきた。瓦礫の陰に、小さな子供が潜んでいたのだ。

いや……子供じゃない。あまりに力が強過ぎる。

背後へ目を向ければ、牙の並んだ大きな口と、ギラギラと輝く不気味な瞳が視界に入った。伸びた舌が、俺の頬を舐《な》める。

「《屍《しかばね》人形のアリス》……！」

アリスはレッドキングの流れ弾を受けたためか、右半身の大部分が拉《ひしゃ》げ、血塗《ちまみ》れになっていた。

しかし、レベル６００の膂力《りょりょく》を充分以上に発揮している。今の死に体の俺よりも力は上だった。

「フ、フフフ、フフフフフフフ、アハハハハハハハハ！　驚いたかしら？　自分を《人形箱《パペットコフィン》》で操れば、こういうこともできるのよ。死霊魔法の《屍鬼人形《グールドール》》も併用して、膂力も引き上げているの。私なんかに今更不意打ちされるわけがないって、油断していたでしょう？」

アリスが俺の首に噛みついた。肉が抉られ、血が溢《あふ》れる。

俺は息を呑む。レベル600とはいえ、今の俺を殺せるだけの力が彼女にはあった。

「まさか、本当にレッドキングまで倒しちゃうなんて、思わなかったわ！　アハハハ！　でも残念だったわね！　これで貴方を、私のものにできるわ。《赤き権杖》は逃したけれど、フフフ、そんなこと、もうどうだっていいのよ。この力さえあれば、これでようやく《神の見えざる手》に仲間入りできるわ」

「神の、見えざる手……？」

「大丈夫よ、カナタ。貴方の大事な大事な《軍神の手《アレスハンド》》ちゃんとは、永遠に仲良くさせてあげるわ。もっとも、私の見せる幻の中で、だけれどね」

首に、アリスの長い舌が這《は》う。アリスは、俺を《人形箱《パペットコフィン》》の人形の一体にするつもりのようだった。

まずいことになった。俺には《ウロボロスの輪》があるので殺されても即時蘇生《そせい》できるが、最低限の体力しか元に戻らないので、捕まっている状態ならば魔力が尽きるまで殺されるだけだ。そもそも、アリスは《人形箱《パペットコフィン》》の人形にするつもりのようなので、《ウロボロスの輪》の効果さえ発揮できないかもしれないが……。

「ひ、瀕死《ひんし》のお前なんか怖くない、怖くないぞ……！　やってやる、やってやる！」

ベネットが剣を構え、アリスへと向ける。

「べ、ベネットさん……！」

アリスは退屈そうにベネットを眺めていた。

確かに、アリスは既に死に掛けている。それを強引に死霊魔法を重ねて強化しているに過ぎない。恐らく、攻撃力以外のパラメーターも大幅に減少している。

「でも、あの、ベネットさんでは無理だと思うので、気持ちは嬉しいんですが、無理していただかなくても……」

「……お前、天然で人煽《あお》るところあるよな」

ベネットが顔を歪める。だが、すぐに表情を引き締め、剣の鞘をアリスへ投擲《とうてき》した。

アリスがそれを摑んだとき、ベネットはすぐ前まで来ていた。アリスが目を見開く。

「ミスディレクションを噛ませた歩術さ。ただの一発芸だけど、意外と効くだろう？　僕だって、やるときはやるんだよ！」

ベネットの振り下ろした刃が、アリスの身体を走った。刃に弾かれ、アリスの身体が大きく揺らぐ。

「う、そ……私が、こんな、奴に……」

ベネットは蒼白《そうはく》した顔に笑みを浮かべていたが、すぐにその表情が恐怖に染まった。

「一撃、もらっちゃうなんてね」

アリスの顔に大きな傷が生じていたが、彼女は全く応えていなかった。アリスは雑に腕を振るい、ベネットを弾き飛ばす。

「アハハハハ！　本当に残念だったわねぇ、雑魚騎士様ァ！　後少しレベルがあれば、私を倒せたかもしれないのに！」

そのとき、後ろから足音がした。俺が背後に目をやれば、ポメラが大杖を振り上げているところだった。

「せあいっ！」

大杖の一撃が、アリスの後頭部を殴打した。大杖は折れていたらしく包帯を巻いて雑に修復されていたのだが、その部位が再びへし折れていた。

なぜポメラがここに……と思ったが、すぐに理解した。恐らく、ベネットが通り掛かった人に白魔法使いを呼ばせていたからだ。やってきたら俺がアリスに捕まっていたため、隠れて様子を窺《うかが》っていたのだろう。

アリスの身体が横倒しになった。アリスは地に側頭部をつけながら俺を睨みつけ、小刻みに震える腕を伸ばす。

「フ、フフ、忠告しておいてあげるわ、カナタ……。上位存在に刃向かった貴方は、早かれ遅かれ、悲惨な最期を遂げることになるわ。そしてそのときには、自分以外も巻き添えにすることになる。だから私も、彼らの作った大きな流れに従って生きることにしたのよ」

糸の切れた操り人形のように、アリスの腕が地に落ちた。《人形箱《パペットコフィン》》の強みの一つは、操作対象を死ぬまで操れることだった。

そのアリスが動かなくなったということは、ついに完全に命を落としたのだ。これで他の《人形箱《パペットコフィン》》の人形は、正規の手段を踏まず、乱暴に強制終了されたことになる。

コトネ達は、無事だろうか……？

「そ、その、特に何も考えずにやっちゃったんですけれど、良かったですよね？」

ポメラが恐々と俺に尋ねる。

「いえ、ありがとうございました、ポメラさん。本当に危ないところを助けられました」

今は、アリスを殺すしかなかった。身体を傷つけて動けなくしても、他の死霊魔法を用いて強引に動くことができる。両足を奪っても、魔法で攻撃してきただろう。生かして捕らえるのは難しかった。

「お、おい、カナタ……その、僕も、頑張ったんだからな？　僕がいたから、そっちの女だって隙を突けたんだぞ」

ベネットがアリスに派手に突き飛ばされた身体を引き摺《ず》りながら、俺の方へとやってきた。

「……ちゃんと感謝していますよ。それより、コトネさん達を助けてあげてください。建物の崩落に巻き込まれているはずです」

4

アリスが死に、《赤き権杖》騒動は収まった。俺はポメラから白魔法を何度も掛けて身体の傷を癒してもらい、ひとまずまともに動ける程度に回復した。

ポメラから話を聞いたところ、既に街の騒動は収まっているようであった。

マナラークを荒らしていた《血の盃《さかずき》》の者達は既に大半が捕縛され、残りも逃げたとのことだった。相手は相当な規模だったはずだが、よく鎮圧できたものである。

俺はベネットと共に《赤き権杖》を追っていたし、ポメラは負傷者の救助を優先していた。この都市の最大戦力であるコトネもアリスに捕まっていたので、《血の盃》の構成員達への対処が遅れたのではないかと思っていたのだが、その心配はないようだ。

……ただ、強い恐怖心のためか、放心状態に陥っている《血の盃》の者達の姿が、都市のあちらこちらで見られるらしい。どうやらフィリアがかなり頑張ってくれていたようだ。

話が終わってから、ポメラは白魔法使いの人手不足を補うために、治療院へと向かった。俺はベネットに協力してもらい、コトネと《百魔騎のガラン》、《ダンジョンマスター・バロット》の、《人形箱《パペットコフィン》》の操り人形にされていた三人を見つけ出した。

彼らは全員、生きてはいた。ただ、目を覚ます様子はなかった。

アリスに手順を踏んだ《人形箱《パペットコフィン》》の解除を迫れなかったのが痛い。あれは魂を縛り、自我を自在に書き換えて操り人形にする、恐ろしい魔法だった。雑な解除を行えば、二度と目を覚ますことがなくなったっておかしくはないのだ。

コトネ達は治療院で半日治療を受けたが、意識が戻ることはなかった。《魔銀の杖《ミスリル》》が抱えている研究施設には死霊魔法に詳しい人間がいるとのことで、そちらへ移されることになった。

事件の翌日、俺はポメラとフィリア、そしてベネットと共に、《魔銀の杖《ミスリル》》の研究施設を訪れた。

コトネとガラン、バロットは、ベッドに寝かされていた。三人共、死んでいるかのようにぴくりとも動かなかった。

「頼ってくださったのに、申し訳ございません、カナタ殿……。我々でも、まるで治療の術が見つかりそうにありません。勿論《もちろん》、まだ方法を探してはみますが……期待しない方が、よろしいかと」

ガネットは俺達に深く頭を下げた。

俺は唇を噛み、肩を落とした。正直、予想していた答えだった。

俺も死霊魔法についてはルナエールからある程度教わっていたため、《魔銀の杖《ミスリル》》の人間より造詣が深い自信があった。しかし、俺も治療院の人に許可を取ってコトネ達を診てみたが、全く解決の糸口を見つけられる気がしなかったのだ。駄目元でコトネに《神の血エーテル》を飲ませてみたが、それも効果はなかった。

「専門家の話では、自我がちぐはぐに掻《か》き乱され、出鱈目に繋《つな》がっている状態だそうです。これを治療するのがどのくらい大変かというと、砂嵐吹き荒れる広大な砂漠に散らばった魔導書の紙片を掻き集め、綺麗に復元するようなものなのです。到底治療できるようなものではないと、そう言うのです」

　ベネットはそこまで聞くと、ガランの眠るベッドの手摺《てすり》に手を掛け、泣き崩れた。

「ガラン様、ガラン様ァッ！　長らく行方不明になっていて、やっと見つかって……助かるかもしれないって、そう思っていたのに、こんな……！」

　ベネットにとって、ガランは敬愛する大先輩だったようだった。取り乱すのも無理はない。

「ポメラが悪いんです……。ポメラが、あの《人魔竜》の子を大杖で殴っていなければ……」

「ポメラさんのせいではありません。ポメラさんがいなければ、アリスは俺に《人形箱《パペットコフィン》》を掛けて逃げていたはずです」

　誰が悪いかと言えば、間違いなく俺だった。俺がもう少しレッドキングとの戦いで余力を残せていれば、アリスに捕まることはなかった。そうであれば、逆に俺が拘束することもできていたはずだ。

　それに元々アリスがこの魔法都市にやってきたのは、俺を殺そうとしていた上位存在、ナイアロトプの仕業だった可能性が高い。いや、可能性が高い、ではない、ほぼ確定だ。

　俺がレッドキングの爆発を魔法で遅れさせようとしたとき、それを妨害する何者かがいた。あの声……忘れはしない。俺をこの世界に送り込んだ上位存在、ナイアロトプのものだった。

　ナイアロトプは、俺を本格的に消しに来ているのだ。そのことにはアリスも触れていた。この

《赤き権杖》騒動自体、上位存在が俺を消すために画策したものであり、そして上位存在から逃れる術はなく、その被害は俺の周囲にも及ぶだろう、と。その被害が、コトネに及んだのだ。

俺は握り拳を固めた。

上位存在のナイアロトプは、俺が抗えるような相手ではないのかもしれない。だが、ナイアロトプが俺を付け狙っているのなら、それで周囲に被害を与えているのならば、このまま黙ってやられているわけにはいかない。あいつに抗える力を、この世界で見つけなければいけない。

「カナタさん……？」

ポメラが急に沈黙した俺を心配してか、声を掛けてきた。俺は首を振った。

「少し考え事をしていました」

俺はガネットへと向き直った。

「ガネットさん、コトネさん達を戻す方法、俺も探します。一生かかっても、絶対に見つけてみせます。だから、彼らを、しばらくここに置いてもらえませんか？　お金でしたら、どうにか用意してみせます」

「カナタ殿は、コトネ殿と仲が良かったですからな」

ガネットはそう、ぽつりと呟き、寂しげに笑った。ガネットはコトネとも親しかったようなので、彼女から俺と話し込んでいたことを聞いたのかもしれない。

「儂《わし》もコトネ殿には随分と世話になっておりました。金銭面など、つまらないことはお気になさらずに。……それから、少し、カナタ殿に相談があるのですが、別室でいいですかな？」

ガネットは真剣な面持ちでそう言った。心当たりはないが、断る理由はない。俺は頷いた。

ガネットに連れられ、会議室のような場所で二人、顔を合わせた。ガネットの部下が紅茶を室内へ運んでくれ、その際に大きな封筒を残していった。俺が封筒を見つめていると、ガネットが話を始めた。

「カナタ殿……勿論、儂はコトネ殿の治療に手を抜くつもりはありません。ただ、意識を取り戻す可能性は、恐ろしく低いのです」

「……それは、理解しています」

「答えたくなければ、話はここまでにしますが……カナタ殿は、コトネ殿と同じ異世界転移者ですな？」

俺は少し悩んだが、頷いた。それほど隠そうと意識していたわけでもない。それにコトネとよく接触していたガネットからすれば、俺が転移者であることなんて、簡単にわかることだ。誤魔化しても仕方がない。

「やはり……。コトネ殿の趣味については、お聞きになっていましたかな？」

ガネットは真剣な表情で、そんなことを尋ねてきた。俺は今しなければならない話なのだろうかと疑問に思いつつ、ガネットの問いに頷いた。

「はい、それは。ガネットさんもご存じだったのですね」

「ええ、失礼ながら、立場上、コトネ殿を探るようなことも少々致しましたし……それにコトネ殿が冒険者の活動を縮小する際に、相談も受けておりましてな。儂は、コトネ殿が満足できる作品ができあがれば、世に広める手助けをするとも約束していたのです」

「そこまで聞いていたんですね……」

コトネの夢は、この世界で漫画を広めることだった。確かに《魔銀《ミスリル》の杖》を抱えるガネットにとっては、コトネの漫画をマナラーク中に宣伝することも容易《たやす》いだろう。

「実は……せめて、コトネ殿の夢を叶《かな》えてあげたいと思っておるのです」

ガネットは言いながら、机の上の大きな封筒を開けた。中から大量の紙が出てきた。

「これは……？」

「コトネ殿の作品でございます。実は作業に集中できる場所を貸してほしいと言われて、《魔銀《ミスリル》の杖》の一室をお貸ししていたのです。そちらから出てきたものを纏《まと》めたものです」

確かに以前、コトネは俺がいいならば見せたいとは口にしていたが、勝手に見ていいものだろうか……。コトネは少し、この趣味を恥ずかしがっていたように思う。躊躇なく纏めて持ってくる辺り、漫画のない世界で生きてきたガネットには、自分の描いた作品を恥ずかしがる気持ちがあまり理解できないのかもしれない。

俺は悩んだが、コトネのことをもっと知っておきたい、という気持ちが勝った。心中で彼女へ謝りながら、漫画へと目を走らせた。

バトル漫画だった。日本風の世界を舞台に、超能力者が戦うという内容のものだった。

「面白い……」

「ええ、ええ、そうでしょう？　コトネ殿は納得していないようですが、儂もこれは話題になるのではないかと思っております」

ガネットが嬉しそうに頷く。

ただ、コトネが納得していない気持ちはわかる。内容や設定はありきたりで、俺からしてみればどの作品を参考にしているのか透けて見えるところも多い。それに絵も一般人よりは遥かに上手《うま》いのだが、プロと比べれば洗練されたものではなかった。

しかし、このロークロアには他の漫画がまだ存在しないことを思えば、大きなマイナスだとも言えなかった。

「儂はこの漫画とやらを、コトネ殿がどういう形式にしたかったのか、細かい部分があまりわかりませんでしてな。その点でいくつか疑問があるのです。カナタ殿が実物をご存じであれば話が早い。コトネ殿の作品を本にして売り出す、その手助けをしていただきたいのです」

「そういうことでしたら、協力させていただきます。任せてください」

俺も、このロークロアで漫画を流行《はや》らせるという、コトネの夢を叶えてあげたかった。

「おお、助かりますぞカナタ殿！　先の騒動のせいで、マナラーク全体に暗い雰囲気が漂っておりましてな。人件費は嵩《かさ》みますが、転写魔法で素早く量産して、近日中に広めたいと思っておるのですよ。その分、細かい確認をお願いしてカナタ殿にも負担を強いることになってしまいそうなのですが……」

「問題ありませんよ。急ぎの用事もありませんから、お手伝いさせていただきます」

「これは心強い」

ガネットは嬉しそうに大きく頷き、それから自身の顎髭《あごひげ》へと手を触れた。

「そういえばカナタ殿、よくわからない作品が出てきましてな。そちらも最後の方に入っておりますので、見ていただいてよろしいですか？」

「よくわからない作品……ですか」

確かに紙を捲《めく》っていくと、別の漫画が入っていることに気が付いた。見覚えのあるキャラだなと思って読み進めてから、俺は自分の顔が強張るのを感じた。

……日本で大人気の少年漫画のキャラを使った、二次創作のボーイズラブ作品だった。コトネが好きだと口にしていた漫画だった。

人に見せるためではなく、完全に自分で楽しむためだけに描いたものなのだろう。キャラの背景や設定についての説明は一切なく、絵も力が入っているところとそうでないところで大きなムラがある。

「それしか見つからなかったのですが、よくわからなくて……。もしかしたら、コトネ殿の部屋に残りのページがあるのかもしれませんな」

「……その、この作品は見なかったことにしてあげてください。というより、燃やして処分してあげた方がいいかもしれません」

「む……？　そうですかな？」

ガネットは納得していない様子であった。

5

深夜の《魔銀《ミスリル》の杖》の研究所の一室に、二つの影があった。《穢《けが》れ封じのローブ》を纏ったルナエールと、ノーブルミミックである。ルナエールは目前のベッドに眠る、ショートボブの黒髪の少女を見下ろし、息を吐いた。

「治療スルノカ？」

ノーブルミミックの問いに、ルナエールは目を細めて振り返る。

「放っておくのも可哀想《かわいそう》でしょう。……それに、カナタも哀《かな》しみますからね」

「後回シニシテタカラ、テッキリコノママ帰ル気ナノカト思ッタゼ」

ノーブルミミックの指摘通り、同室で眠る他の二人、ガランとバロットの治療は既に終わっていた。ルナエールはここにやってきて真っ先にコトネの顔を確認した後、しばし迷う素振りを見せ、それからガランとバロットの治療に移行したのである。

「……ノーブルは私を何だと思っているのですか？」

「大分妬イテタカラ、ヤリカネナイト思ッテタ」

ルナエールがゆっくり指を立てた腕を持ち上げて魔法の準備をすると、ノーブルミミックは舌を引っ込めて蓋を閉じ、普通の宝箱を装った。ルナエールは深く溜め息《たいき》を吐《つ》き、腕を下ろした。

「流石《さすが》の私もそんなことはしませんよ。それに、カナタを信じていますから」

「ソウダナ、高位精霊使ッテ盗ミ聞キシタリ、尾行シテルノバレテ攻撃シテ逃ゲタリシテタケド、ソンナコトハシナイヨナ？」

何ならば、ノーブルミミックにはわざわざ教えていないが、ルナエールはポメラがロヴィスに殺されそうになった際にも、助けるかどうか一瞬迷っていた。

「そっ、それはそれです。言い方が悪いですよ。私は、カナタのことが心配で、ほんの少し様子を窺ってみただけです」

「……世ノストーカーモ、半数クライハ同ジコトヲ言ウゾ？」

ノーブルミミックは、呆《あき》れたようにだらんと舌を出す。

「主ノ話シテタ、黒服ノ男モ、ドウニモ怪シイゾ？　見逃シテ良カッタノカ？」

ロヴィスのことである。ルナエールはロヴィスとの一件について、ノーブルミミックに簡単に話していた。ただ、ノーブルミミックには、どうにもその話が胡散臭《うさんくさ》く感じてならなかった。

ロヴィスはカナタの親友だと言っていた。しかし、ノーブルミミックもルナエールと共にカナタを追い掛け回しているのに、これまで一度もロヴィスを目にしたことはなかったのだ。

確かに四六時中見張っているわけでもないのだし、ルナエールとカナタは《地獄の穴《コキュートス》》を出た時間に大きなズレがある。ただ、それを考慮しても、ロヴィスとやらの言い分はあまりに都合がよすぎるのだ。

「ロヴィスはいい人でしたよ。カナタが、その……私のことを愛していると言っていたことを、教えてくれましたし」

「イイ人ノ判断基準ガ浅過ギル」

「しつこいですね。一応、ヤマダルマラージャの真眼も使いましたから、嘘は吐いていませんでした」

「マア、ソレハソウナンダロウガ……」

ルナエールはコトネへと向き直り、彼女の額に手を翳《かざ》した。

「死霊魔法第二十一階位《愛神の救済《アンテロース》》」

コトネの額に、ピンクの魔法陣が展開される。

死霊魔法で穢された魂を浄化し、調整する魔法であった。ルナエールは三十秒ほどそうした後に、手をゆっくりと退《ど》けた。魔法陣がすうっと消えていく。

「これで終わりました。この人も、じきに目を覚ますでしょう」

「サスガ、主。コノ都市ノニンゲンガ諦メテイタ治療モ、一瞬ダッタナ」

「一瞬ではありませんよ。結構面倒なんですよ、壊された精神を元に戻すのは。私だって片手間にはできません。なんでも壊す方が簡単ですからね」

ルナエールは疲れたように額の汗を手で拭う。

「ソレジャ、トットト行クカ。見ツカッタラ面倒ダロ」

「少し待ってください」

ルナエールはベッドの手摺に手を掛け、コトネの顔をじっと覗《のぞ》き込んだ。それから耳元へとそっと口を近づける。

「……カナタに手を出したら、容赦しませんからね」

「オイ、主。信ジテルンジャナカッタノカ？」

「いっ、一応です、一応。ほら、早く行きましょう、ノーブル」

ルナエールは立ち上がり、コトネに背を向けた。ノーブルと並んで歩きながら、ルナエールは不安げに目を細めた。

「……しかし、どうにもおかしなことが続いていますね。突然レベル１０００クラスの魔王が現れたかと思えば、今回は太古の大精霊の封印が解かれる事態だったそうです。こんなこと、普通なら千年に一度だってないことです。カナタだって……今回、何かが違えば危なかったようです」

「裏ガアル、ト？」

「私のせい、でしょうか……。もしかしたら、レベルを上げたせいで、カナタが狙われているのかもしれません。こんなことなら、やっぱりカナタを《地獄の穴《コキュートス》》から出すべきではなかった……。今からでも、連れ帰って閉じ込めておくべきでしょうか？」

ルナエールが険しい表情を浮かべ、真剣そうにそんなことを口走る。

「ン、ンナ思イ込マナクテモ……。主ヨリ強イ奴ナンテイナイダロ。アア、危ナソウナ奴ガイタラ、先回リシテ潰シテ回ッタライインジャナイカ？」

ノーブルミミックは、思い付きでそんなことを口にした。ルナエールは足を止め、瞬《まばた》きをした。

「マア、ソンナワケニモイカナイヨナ」

「ノーブル……それ、いいかもしれませんね。少し検討してみます」

「主……本気カ？」

6

《赤き権杖》騒動が終わり、その二日後。俺はポメラ、フィリアと共にマナラークを歩き、ガネットに会いに《魔銀《ミスリル》の杖》の本部へと向かっていた。

「なんでポメラばっかり、いつもこんなことになるんでしょう……」

ポメラが肩を落とし、そう口にした。

ここ二日間で、またマナラークでポメラを英雄視する声が大きくなっていた。

マナラーク中を回って怪我人《けがにん》を治療していたことは勿論、《黒の死神ロヴィス》を追い返し、破壊された建物を白魔法で再生し、さらに《人魔竜》の一角であった《屍人形のアリス》を杖の一撃で殴り殺したことになっていた。

「ポメラ、かっこいい！　すごい！」

フィリアがきゃっきゃと嬉しそうに燥《はしや》ぐ。

「ありがとうございます、フィリアちゃん。でもポメラは、あんまり嬉しくありません……」

「ポメラさん、建物を再生したんですか？」

「そんなわけないじゃありませんか、カナタさん……。それは……」

ポメラはそこまで言って言葉を止め、怪しむように目を細めた。

「どうしたんですか、ポメラさん？」

「いえ、あの……カナタさん、お知り合いに、すっごく美人な方がいらっしゃいますよね？　その方のこと、ポメラに隠していませんか？」

「え……？」

突然訊かれて混乱した。地上に出てから、俺が真っ先に会ったのはポメラだ。コトネやロズモンドも美形の部類だと思うが、彼女達のことは当然ポメラも知っている。まさか、ロヴィスの仲間の女の人のことだろうか？

「どうして誤魔化そうとするんですか、カナタさん？」

ポメラがずいと、俺に顔を近づけてくる。

「い、いいえ、誤魔化すも何も……」

「ポメラ、こわーい！」

何故《なぜ》かフィリアが嬉しそうにきゃっきゃと燥いでいた。

「白髪《はくはつ》の人ですよ。毛の先が少し赤くなってる、オッドアイの……」

「あっ、ルナエールさんですよ！　よかった……あの人、まだマナラークにいたんですね」

前回、蜘蛛《くも》の魔王を倒した際に会った後、もしかしたら《地獄の穴《コキュートス》》に帰ってしまったのではないかと思っていたのだ。しかし、どうやらまだこの都市に残っていたらしい。ポメラがルナエールと接触しているとは思わなかった。

「ルナエール……って、カナタさんの魔法の師匠で、命の恩人でしたよね？」

「ええ、少し前にポメラさんにも話しましたよね。そうですか、ルナエールさんに会ったんですか。何を話したんですか？」

俺がそう尋ねると、ポメラの表情が一気に曇った。俺は何か間違えただろうかと首を傾《かし》げた。

「……カナタさん、以前、ルナエールさんのこと、八十歳のお婆《ばあ》さんだって言っていましたよね？」

「えっ、いえ、そんなことは……」

ふと、記憶が蘇《よみがえ》ってきた。

確かに言った。千歳と言い掛けて、リッチであることを明かすべきではないと思い、八十歳に修正したのだ。

「言いました……」

「ほら、言ったじゃないですか！　言ってるんじゃないですか！　どうしてポメラにそんな嘘吐いたんですか！　白状してください！」

「す、すみません、それは少し説明し辛《づら》いのですが、理由があって……。で、でも、別にそんなに怒らなくてもいいじゃないですか」

「怒ってません！　訊いているだけです！　しっかり説明してください！」

「そ、それは、今は……」

「何でですか！　何を誤魔化そうとしていたんですか！」

や、やっぱり怒っている。俺は助けを求めて、フィリアを見た。フィリアは俺とポメラの様子を楽しげに眺めていた。

「カナタ殿にポメラ殿、フィリア殿よ。よく来られましたな。姿が見えたので、お出迎えに」

ガネットが俺達に声を掛けてきた。ポメラは顔を赤らめ、恥ずかしそうに俺から離れた。

「す、すみません、カナタさん……。ちょっと、興奮してしまいました」

俺はお礼の意味を込め、ガネットに小さく頭を下げた。ガネットは小さく親指を立て、笑みを浮かべた。やはりポメラの様子を見て、俺が困っていると見て飛び出してきてくれたらしい。

「以前に頼まれていた代物、揃《そろ》っております。こちらは後で、宿の方に送らせましょうか？」

「お気遣いありがとうございます。ただ、時空魔法で収納できますので、そのままいただきます」

ついに以前頼んでいた、《神の血エーテル》の細かい素材が集まったらしい。これで《神の血エーテル》の量産に入り、《歪界の呪鏡》を使ったポメラのレベル上げができるようになるはずだ。

「それから《精霊樹の雫《しずく》》ですが……こちらも品質確認できました。量が量なので全てを一気に売ろうとすれば値崩れしてしまうのですが、ちょっと時間を掛ければ前回の分で二億ゴールドにはなるかと」

ガネットが声を潜めて口にする。

「にっ、二億ゴールドですか!?」

周囲の通りすがりの人達がぎょっとしたように俺達を見る。俺は慌てて声を潜めた。

「す、すみません、つい……」

それなら金銭面の問題はほとんど解決してしまう。本当にウルゾットルには感謝しなければならない。……今度、高級肉でも用意して喚《よ》んであげよう。

「それから、カナタ殿に協力していただいたコトネ殿の漫画についても、既にマナラークの市場に回しておるのですよ」

「も、もうですか!?」

「ええ、まだ試験的にではありますが、既に二作とも出回っているはずです。関係者の間でも評判がよく、これはブームになるかもしれませんな。カナタ殿の協力がなければ難しかったはずです。

こちらの謝礼もまた払わせていただきます」

ガネットの行動は本当に早い。暗い雰囲気のマナラークに明るい話題を用意したいので急ぐとは言っていたが、まさかこんなすぐに形にして流通させてしまうとは思わなかった。

「俺の協力なんて微々たるものですよ。コトネさんの夢を形にしてくださって、ありがとうございます」

「いえいえ、コトネ殿も、きっと喜んでくださることでしょう」

ガネットは本当に嬉しそうに笑った。俺も協力してよかったと、そう思った。

「……ん？　二作？　いえ、一作だけでは？」

「ほら、ちょっとした短い、少年の友情……というには些《いささ》か歪《いびつ》に思えましたが、そういうものを扱ったものがあったでしょう。なんだかちぐはぐで未完成品にも思えたのですが、妙に一部の《魔銀《ミスリル》の杖》の職員からの評判がよく、ぜひ表に出すべきだと言われましてな。カナタ殿より聞いた話を元に、形にしてこちらも市場に流すことにしたのです」

俺は顔を手で覆った。コトネも、あれは自分で楽しむためのものであって、絶対に表には出したくなかったはずだ。そもそもこの世界にはない漫画の二次創作なのだから。

「い、いけなかったですかな？」

「……どちらかといえば、よろしくないかなと」

そのとき、遠くで地面を蹴るような音が響いた。目を向けて、俺は驚かされた。

綺麗な黒髪に、華奢《きゃしゃ》な体軀《たいく》、特徴的な金属の籠手《こて》。見紛うことなきコトネであった。ただ、普段はクールな彼女の顔は真っ赤になり、目には涙が溜まっていた。

「コトネさん、目を覚ましたんですね！」

俺も、自然と涙が溢れてきた。コトネが目を覚ますことは、もうないかもしれないと、正直そう考えていた。

コトネはガネットを睨み付け、籠手を纏った腕を大きく引いた。

俺は血の気が引くのを感じた。S級冒険者のコトネが本気で殴り掛かれば、ガネットはひとたまりもない。

間に入り、コトネの手首を摑んだ。

「お、落ち着いてくださいコトネさん！　どうしたんですか！　まさか、《人形箱《パペットコフィン》》の影響がまだ……！」

コトネの逆の手が、俺の首を絞め上げた。

「カッ、カカ、カナタも！　カナタも！　私が外に出す決心をするまで、隠してくれるって言っていたのに！　よりによって、なんでアレまで!?　アレがどういうものなのか、見たならきっとわかってたはずなのに！」

やっぱり漫画のことだった。せめて、もう少し外に出すのを遅らせるべきだった。いや、ボーイズラブ漫画だけでも、もっと強く俺が止めておくべきだった。

「すみません、コトネさん……本当にすみません！」

「謝られたって、謝られたって、もう、どうにもならない……！　誰にも知られたくなかったのに！　貴方達を殺して私も死ぬ！」

「本当にすみません、コトネさん！」

コトネはボロボロと目から涙を流し、俺の首に掛ける握力を強める。

「おっ、おやめくださいコトネ殿！　儂が、儂がいけないのです！　カナタ殿はお許しください！」

「やめてくださいコトネさん！　カナタさんを放してあげてください！　じ、事情はよくわかりませんけど、話し合いしましょう、話し合い！」

ガネットとポメラが、必死にコトネにしがみついて俺から引き剥がしてくれた。

どうやらコトネ以外の二人、ガランとバロットも目を覚ましているようだ。三人共、突然起きたとのことで、彼らの治療に当たっていた魔術師も首を捻《ひね》っていた。理由は全くわからないが、とにかく俺は、コトネが無事であったことが嬉しかった。

……後日、コトネのボーイズラブ漫画は回収され、メインの漫画はマナラーク内で大きな流行となったのだが、コトネが素直に喜んでいるかはわからなかった。俺とガネットがどれだけ会いに行っても、一週間程部屋に引き籠り、出てきてくれることはなかった。

7

「やれ、やれ……！　早く殺せ！　人形になんかしなくていい、とっとと処分しろ！」

ナイアロトプは上位世界より、次元の歪《ひず》みを用いて、カナタとアリスの様子を確認していた。右手の指を噛み、左手で次元の歪みを押さえ、食い入るように見ていた。

ついに、カナタをここまで追い詰めた。アリスのレベルと能力に対し、ここまで弱ったカナタであれば、このまま倒しきれるはずであった。

「雑魚は引っ込んでろ！　殺せ、殺せ！　とっとと殺せ！」

ナイアロトプは苛立《いらだ》ちの声を漏らす。丁度、ロークロアでは、騎士ベネットがアリスへと剣を向けていた。

散々グレー行為に及んで、ようやくカナタを殺し得る舞台を整えることに成功したのだ。ここを凌《しの》がれれば、本格的に打てる手がなくなる。

さっさと殺せばいいものを、アリスの得意魔法である《人形箱《パペットコフィン》》が足を引っ張っていた。アリスはカナタを人形にするつもりのようであった。手に入ると思っていた《赤き権杖》を逃し、その損失を他で埋めようとしているのだ。

「そんなことしなくていい！　とっととやれ！　ここで仕留め損なったら、本当に後がないんだよ……！　後で別の形で恩恵を授けてやるから、とっととそいつを殺せ！」

ナイアロトプは次元の歪みへと更に顔を近づける。自身の地位が掛かっているのだ。ここで仕損じれば、本格的に主より見限られかねない。

「頼む、アリス！　ここで殺してくれ！　《神の見えざる手》に入る力が欲しいのなら、後でいくらでもくれてやるから……！」

ナイアロトプがそう口にしたとき、ポメラの不意打ちによってアリスが地面に崩れ落ちた。ナイアロトプは緑の髪を搔き毟《むし》り、その場で倒れ込んだ。

呻《うめ》き声《ごえ》を漏らした後、仰向《あおむ》けになって深く息を吐いた。

「なんでだよ……なんでそうなるんだよ……」

丁度、次元の向こうでは、カナタがポメラに何度も白魔法を掛けてもらっているところだった。どんどん怪我が治っていく。これで全てが水の泡だ。

「我が眷属《けんぞく》よ、とんでもないことをしでかしてくれたな」

主の声が聞こえた。ナイアロトプは横になったまま、返事もしない。

これまでなら主に呼ばれれば愛想よく対応していたナイアロトプだったが、カナタとの一件で関係が悪化して以来、対応が杜撰《ずさん》になっていた。

「聞こえているのだろう？　まだ《メモリースフィア》化はしていないが、一部のお得意様の上位神に向けたライブ配信では、とんでもない荒れっぷりだ。《メモリースフィア》で大々的に広まれば、ロークロア存続の危機にもなりかねない」

「別にいいじゃありませんか。どうせ、また主様が馬鹿にされているだけでしょう？　見ている神々は、どうせカナタ・カンバラが勝ってまた大喜びしていることでしょうよ。馬鹿にされて注目度が高まっているのですから、もう諦めてプライドを捨てて、その路線に切り替えては？　こんな無理難題押し付けられたって、僕にはもうどうしようもありません。せいいっぱい頑張りました。これが失敗だというのなら、主様の方針ミスでしょうよ」

「……今回に限っては、負けたのが問題なのではない。それも勿論だが、それどころではない。いや、いっそ、殺し損ねてよかったとでも言うべきか。こんな失態を犯してくれるとは。最悪の事態にならなかっただけ、カナタ・カンバラに感謝するんだな」

「は、はぁ!?　嫌みにしても、あんまりな言い分ではありませんか！　いったい僕が、何をそこまで大きなヘマをしたというのですか！」

ナイアロトプは堪《たま》らず怒鳴り、起き上がって頭上を睨みつけた。

ナイアロトプとて、制限だらけの中、必死にカナタを後一歩まで追い詰めたのだ。確かに、カナタを殺し損ねた自身のミスが発端であった。しかし、だからといって、こんなことを毎度毎度言われていては、彼としてもやる気が出るわけがなかった。

せいいっぱい、やれることをやった。制限の方が厳しすぎるのだ。

「…………はぁ」

「黙ってないで、何か言ったらどうですかねぇ！　何が駄目だったのか、はっきりご教示いただきたい！」

「《虚無返し《ヴァニティア》》」

主がぽつりと呟いた。ナイアロトプはびくりと肩を震わせた。

「魔法で直接干渉したな……愚図め。それは最大の禁忌だと言ったはずだ」

「う、ううう、うううううう……ですが、それは、その……」

ナイアロトプが頭を抱える。《虚無返し《ヴァニティア》》は、ナイアロトプがカナタに対し、『思わず』使ってしまった魔法であった。最大の切り札であるレッドキングの爆発をあっさり躱《かわ》されそうになり、咄嗟に妨害の一手を出してしまったのだ。

「指が、つい、無意識の内に……。今やらなければ、全てが無駄になると……。だだ、だって、主様だって、手段を選んではいられない、どうにかしろって、あんなに僕に言って……」

ナイアロトプはぽつぽつと、思いついた言い訳を口にしていく。目に、じわりと涙が溜まり始めていた。

「ああ、ああ、そうだ！　あれは、しかし、攻撃ではありませんでした！　それに、ほら、《メモリースフィア》では目立たないように加工するという手も……」

「既にライブ配信で露呈しているのだ。そもそも、あの不自然なカナタ・カンバラの魔法の途切れ方は誤魔化しようがない。目敏《めざと》い神が見つけ出し、俺が見つけたと《ゴディッター》で騒ぎ立てるだろう。下手に隠そうとすれば、むしろ騒ぎを広げるだけだ」

付け焼き刃の言い訳は、当然あっさりと崩されてしまった。ナイアロトプは言葉を失い、弱々しく口をぱくぱくと動かした。

「何度も言っただろう？　直接干渉すれば何でもありの世界になってしまう。それは、我々の間ではとうに廃れたエンターテイメントだ。直接干渉した前例を作れば、神々がロークロアへの関心を失うのだ。そうすれば、お前の存在意義もなくなると思え」

「ぐ、うぐ、ぐぅ……」

「それがカナタ・カンバラが生き残ってよかったという意味だ。これで殺していれば、直接介入によって大きな影響を与えたということになる。まだ傷は浅く済んだ。それでも、ロークロアの一個人に対し、お前が第二十六階位魔法をぶつけたという事実は変わらんがな。ロークロアは一生、その汚名を背負って運営していくことになる。この損害がわかるか？　なぜあんな浅はかな真似《まね》をした」

「あそこで、あそこで殺しておきたかったからですよ……。あれだけやって駄目だったのならば、もう、もう、打つ手が……」

「あれだけやって……か。はっきり言って、今回の計画自体が最悪だった。たまたま魔王が強力なアイテムを得たのとはわけが違う。当事者のアリスが、指摘していたではないか。あからさまな神の意思の干渉を感じる、と。現地人ごときに、何をあそこまで見透かされている。あれでは、ロークロアを見た他の神々にもバレバレだろうな。目敏いアリスに全部バラされたのだから、最早隠すも何もないのだが」

「わかった上で、やってるに決まってるじゃないですか！　じゃないと、排除できないんですから！　そんなこともわかってなかったんですか！　上から目線で、ああしろ、こうしろ！　できないと言ったら、考えるのがお前の仕事だと！　できないから変えろって言ってるんです！」

溜まっていたものが爆発し、ナイアロトプは叫び声を上げた。

「自分ならできると馬鹿なこと思ってるんだったら、もう僕なんか消して他にもっと優秀な眷属でもお創りになったらどうですか！　馬鹿にしやがって！」

罵声は一度言ってしまえば、どんどんと勢いを増し、ナイアロトプの口から流れ出ていった。

「実は今回の粗があまりに目立ったので、お前を消すつもりだった。とはいっても、他の眷属ならばカナタ・カンバラを排除できるかと言えば、また別の話になるだろうがな」

「えっ、えっ……」

自身の消去が検討されていたと聞き、ナイアロトプの顔が青くなった。勢いで口にしたが、さすがに消されることはないだろうと甘く考えていたのだ。

「お前の直接干渉はあまりに痛い。しかし熟考した結果、お前を置いておいた方がいい、ということになった」

ナイアロトプは深く安堵の息を吐き、へなへなと崩れ、その場に膝を突いた。

「で、ですよね、まさか、本気で消すなんてこと……」

「ロークロアに対するお前の権限を引き上げる。制限内でカナタ・カンバラを殺す術がなかったのが、お前の暴走を招いた。確かにそれは、我の失態と言える」

ナイアロトプは表情を一変させた。

「あ、主様……！　よろしいのですか！」

「ああ、今回の《赤き権杖》騒動は干渉過多の悪手だったと断じたが、今後はそのような真似も許容する。魔法の直接干渉は勿論禁じ手だがな。《神の見えざる手》にも、直接的なメッセージを出してもいい」

ナイアロトプは、主の発した《神の見えざる手》という言葉を聞き、邪悪な笑みを浮かべた。

「わかりました！　そこまで権限をいただければ、確かにカナタ・カンバラを殺す方法が見つかるかもしれません！　これでようやく、奴を殺す芽が出てきましたよ、主様」

「ただ、敵はカナタ・カンバラだけではない。外に関心を持ち始めた諸悪の根源であるリッチも、処分するか、またダンジョン深くに追い込んでおく必要がある」

「ええ、わかっていますよ。しかし、そちらの処置は当然考えております。あのルナエールとやらでしたら、カナタ・カンバラを殺して精神が弱っているところを畳み掛ければ、また地の底に押し戻すのは難しくないはずですよ。確かにレベルは高いですが、メンタル面はガラスに等しい。吹けば飛ぶようなものです。転移者と違って神々の注目も低いですし、どうとでもやってみせますよ。こちらには自信がありますのでご安心を」

ナイアロトプは立ち上がり、両手を広げて饒舌《じょうぜつ》に語る。

「ようやく本来の調子が出て来たな、我が眷属よ。期待しているぞ」

ナイアロトプは顎に指を当て、眉間に皺を寄せる。

「しかし、何故あんなに厳しく仰《おっしゃ》っていたのに、突然権限の大幅な変更を？　僕としてはありがたいですが、神々の反発は相当なものになりますよね」

「ああ、織り込み済みだ。実は、神々に対してお前の名を明示し、カナタ・カンバラの敵として表に立たせることにした」

「はぁあああああ!?」

主のとんでもない発言に、ナイアロトプは驚愕のあまり、大口を開けて声を漏らした。

「し、失礼……いえ、しかし、主様、それはどういうことですか!?　カナタ・カンバラの敵ってことは、どうして……なんでこの僕が、ニンゲンなんかと対等に殴り合わなきゃいけないんですか！　第一、それってこの僕が正式に、カナタ・カンバラ関連の不始末の責任者として矢面に立つってことですよね!?

何かおかしくないですか!?」

カナタ騒動については、ロークロアに関心を寄せている神々の間ではとっくに大騒ぎになっている。しかしその際、叩かれているのは最高責任者である、ナイアロトプの主の方であった。

だが、主は一連の流れを明白にし、カナタの処分の義務を負ったのはナイアロトプであると公開するというのだ。晒し者以外の何物でもない。

「これって、そういうことですよね!? 責任逃れして、本格的に全部僕に押し付けようって、そういう魂胆じゃないんですか！ どうなんですか！ こっ、これ、こんな、そんな！ 僕だっていずれは上位神になるはずなのに、未来永劫《えいごう》汚名が付いて回るじゃないですか！ 自分の眷属に、こんなとんでもない汚れ役を押し付けるんですか!? 責任者は貴方ですよね？ しれっと何とんでもないことしようとしてるんですか！」

「お前の権限を強化すれば、こちら側の干渉がどんどん明らかになる。というより、今回の一件のせいで、もう偶然や最低限の干渉では済まされないのだ。本来のロークロアの趣旨から大きく外れ始めている。しかし、我とて、こんな大味な戦略は採りたくなかった。前例もあまりないし、失望する神々も大勢いるだろう。だが、お前が直接魔法干渉をした珍事を神々に納得させるには、対立を表面化させてエンターテイメントに落とし込むしかなかったのだ」

「そんな……！ だからと言って、これはあんまりです！ ご再考を！ ご再考を！ 少しは僕のことも考えてください！ 考えてくれたっていいじゃないですか！」

「いいか？ 前も言ったが、汚名だとか、誰の責任だとか、そんな小さな問題ではないのだ。ロークロアの存続に関わることなのだ。別の案があるとすれば、お前を消去して他の神々に謝罪することくらいだ。浅い傷で済ませたいのであれば、さっさとカナタ・カンバラを処分することだ。お前の挽回《ばんかい》に期待している」

「ご再考を……！ ご再考……！」

ナイアロトプは弱々しい声を発する。しかし、そのときには既に、主である上位神の気配は消えていた。主の中では、ナイアロトプを見世物にするという方針がもう決定していた。

「責任者は、アンタだろうが……。なんで僕が、なんで僕が」

ナイアロトプは力なく立ち上がり、次元の歪みへと目を向ける。カナタがコトネを捜して周囲を漁《あさ》っているところだった。

「コトネさんに何かあったら、ナイアロトプ……！　絶対にお前を許さないからな」

カナタが一人、そう口にした。それを見て、ナイアロトプの怒りの堰《せき》が決壊した。激情に駆られて人間の姿が崩れ、禍々《まがまが》しい異形へと変わっていく。

「ちっぽけなニンゲン如《ごと》きが、何様だカナタ・カンバラァ！　この僕の立場を、どれだけ滅茶苦茶《めちゃくちゃ》にしてくれたことか！　貴様は必ず、苦渋と絶望の果てに殺してやるぞ！」

番外編◆不死者と死の霊獣

1

盗賊団《血の盃《さかずき》》によるマナラーク襲撃事件の数日後、カナタ達《たち》は都市の外の森へと向かい、そこで精霊ウルゾットルを召喚して戯れていた。

「クン、クゥン、クゥン！」

ウルゾットルは仰向《あおむ》けに地面に寝転がり、カナタ達に腹部を晒《さら》していた。カナタはウルゾットルの傍《そば》に屈《かが》み、無防備に晒された腹部を撫《な》でる。ウルゾットルはくすぐったげに声を上げながら、心地よさそうに身を捩《よじ》っていた。

精霊は人間の召喚に応じるが、それに対して何かしらの対価を求めることが常である。中には単に人間に関心があるから、という理由で応じる精霊も存在するが、大半はそうではない。一方的に都合よく使役していれば、あるとき突然召喚契約を白紙に戻される、ということもある。

ウルゾットルの求める対価は人間からの親愛であった。そのためカナタは、ウルゾットルの活躍に報いるため、人目に付かない森奥へ移動し、こうして戯れることにしたのである。なにせウルゾットルからは大量の《精霊樹の雫《しずく》》を譲ってもらっており、レッドキング戦でも奮闘してもらったところである。

カナタも初めてウルゾットルを召喚したときは危険な精霊ではないかと身構えていたものの、今ではちょっと大きくて力の強い、寂しがりやの犬だとわかっていた。

「カナタさん……その、よく撫でられますね。怖くありませんか？」

ポメラとフィリアは、少し距離を置いたところからカナタとウルゾットルの戯れを眺めている。

特にフィリアは犬が苦手であるため、ポメラの背に身を寄せて隠れながら、不安げに彼女のローブを摑《つか》んでいた。

「昔から動物が好きなんです。猫を飼っていましたし……小さい頃は、よく祖父の飼っていた犬とじゃれ合っていました」

「いえ、ポメラ、別にそういう意図で聞いたわけではないのですが」

「お腹《なか》や頭、耳の付け根なんかは鉄板ですが、顎や首周り、足の付け根なんかも凄《すご》く喜んでくれるんですよ。筋肉が凝りやすいので、ちょっと解《ほぐ》すように強めに触ってあげるのがコツです。嫌がる子もいるので、反応を窺《うかが》いながら、ですが」

「クゥウ……」

ウルゾットルが嬉《うれ》しそうに首を伸ばす。カナタは首周りをわしゃわしゃと撫で回した。

「アオォオ……ウウ……」

ウルゾットルが大きく口を開け、欠伸《あくび》をした。それを見たフィリアが、ポメラの背後から飛び出してウルゾットルの前へと出た。

「カ、カナタを食べないで！　そんなことしたら、フィリア、許さないから！」

フィリアはウルゾットルを怖がっていたため、大口を開いた様子を見て、カナタを食べるつもりではないかと怖くなったのだ。

ウルゾットルは、ぽかんとした顔でフィリアを見る。フィリアはウルゾットルと目が合うとびくりと身体《からだ》を震わせたが、負けじと視線を返し、握り拳を構えた。

「フィ、フィリアちゃん、危ないですよ！　カナタさん、やっぱりポメラ達、もう少し離れておきますね。そっちの方が、安全かなあと……」

ポメラがフィリアの手を引く。だがフィリアは、ぐっと口をへの字に食い縛り、ウルゾットルを睨《にら》み続けている。

ウルゾットルの二又の尾が持ち上がり、ふらふらと左右に揺れた。フィリアの様子を見て、彼女も自身に構ってくれるのではないかと期待しているのだ。

「あ……ちょ、ちょっとウル、落ち着いて……」

カナタは尾の揺れ方を見て、ウルゾットルが興奮していることに気が付き、宥《なだ》めに掛かった。

興奮するとウルゾットルは相手へと飛び掛かる癖がある。ウルゾットルがただの犬ならばそれも可愛《かわい》らしいで済むのだが、何せレベル２０００超えの大精霊様である。蜘蛛《くも》の魔王マザーに一周差を付ける高レベルの持ち主だ。興奮して抱き付いた勢いで、そのまま相手を押し潰してしまいかねない。だからこそ、ウルゾットルとの召喚契約には、ウルゾットルのじゃれ付きに耐えられる身体能力の持ち主であることが必須なのだ。

「アオォッ！」

素早く立ち上がったウルゾットルが、フィリアの許《もと》へと突進していった。元より人懐っこいウルゾットルである。前々から、横の二人も構ってくれないかなあと期待しつつフィリア達を眺めていたのだ。そこへ来てフィリアがこっちに来いと言わんばかりに両手を広げたものだから、ウルゾットルは大喜びであった。

フィリアはびくりと身体を震わせ、「ひっ！」と声を漏らした。元々フィリアは、犬が苦手なのである。

カナタが止める猶予もなく、ウルゾットルはフィリアへと体当たりをした。フィリアの小柄な体《たい》躯《く》が、一瞬にしてポメラの横から消え去った。ごうと、辺りに暴風が巻き起こった。

「フィリアちゃん!?」

ポメラが悲鳴を上げながら、フィリアが飛んでいった先へと顔を向ける。カナタは地面を蹴り、素早くウルゾットルの後を追った。

ウルゾットルはフィリアの身体に乗って押さえ付け、ぺろぺろと彼女の顔を舐《な》めていた。

「ウゥン……ウゥン……アオンッ！」

「ひやぁぁあぁあっ！　カナタぁ……カナタぁ……たすけて……。フィリア、たべられちゃう……」

フィリアは手をぱたぱたと動かしながら目を回し、ウルゾットルにされるがままになっていた。顔がウルゾットルの唾液塗《まみ》れになっている。

「ウル、止《や》めてあげてください！　フィリアちゃん怖がってますから！」

「フウウ……」

カナタはウルゾットルの身体を引いて、どうにかフィリアから引き離す。

「フィッ、フィリアちゃんっ！　大丈夫ですか、フィリアちゃん！　しっかりしてください！　魂、食べられていませんか？」

ポメラがフィリアを抱き起こす。カナタは大袈裟《おおげさ》な物言いだと思ったが、実際、ウルゾットルの舌には魔力を舐めとる力があるのだ。《アカシアの記憶書》によれば、低レベルの者であれば、そのまま魂を呑《の》まれることもあるという話だった。

「うう……べとべとする……。食べられちゃうかと思った……」

フィリアはウルゾットルに圧《お》し掛かられて舌で舐められても、ぴんぴんとしていた。古代に恐怖神の名を冠していた錬金生命体《ホムンクルス》は伊達《だて》ではなかった。カナタはフィリアの無事に安堵《あんど》しつつも、いずれはフィリアに犬嫌いを克服してもらって、ウルゾットルと仲良くしてもらいたいと密《ひそ》かに思った。

何せ、ウルゾットルのじゃれ付きに耐えるには、２０００近いレベルが必要なのだ。そんな人間がこの世界に何人いるのかは定かではない。

「うん?」

ふと、カナタは違和感を覚え、宙へと目をやった。だが、その先には何もない。

「どうしましたか、カナタさん……?」

「見られている気がしたのですが……いえ、気のせいだったようです」

カナタはそう言いながらも、唇を噛《か》み締めていた。レッドキングの自爆攻撃を受けたあのときと同じだと、そう感じたのだ。確かに今さっき、何者かに監視されていた。そしてその何者かは、恐らく上次元の観察者、ナイアロトプである。

2

同時刻、魔法都市マナラークの高い外壁に、ルナエールは腰を掛けていた。黒のローブからは、白く美しい髪が覗《のぞ》いている。

黄色の輝きを帯びた水晶玉を手にしており、そこにはカナタがウルゾットルと戯れている様子が浮かび上がっていた。

「可愛いですね、あの精霊の獣。カナタも楽しそうで何よりです」

ルナエールは指で口許を隠し、くすりと微笑《ほほえ》む。

「……主ヨ、盗ミ見ハ止メルンジャナカッタノカ？」

ルナエールの横に並ぶノーブルミミックが、呆《あき》れ気味にそう口にした。

「な、何を言っているのですか、ノーブル？　私はただっ……カナタの周りでよくないことが続いているので、不安で不安で……それで様子を窺っているだけです！　変なことを口にしないでください。これは盗み見ではありません」

「盗ミ見ハ盗ミ見ダロ」

別に盗み見はその動機によって変化する言葉ではない。

「そっ、それに、止めると言ったのは、前回のような高位精霊を用いた監視です。確かに、あれでカナタの様子を観察するのは、あまりよくはありませんでした。私も反省しています」

ルナエールは以前、メジェドラスという大きな怪鳥の力を借りてカナタを監視し、ノーブルミミックより怒られたことがあった。その際に高位精霊を用いたカナタの監視は止めると、彼女自身がそう口にしたのだ。

「ですが、この水晶は別です。精霊ではありませんし」

「イヤ、ダカラ、精霊ダカラ駄目ナワケジャナイガ」

「確かに精霊は、超常的で特異な力を身に付けているものが多く存在します。そうした力を借りてカナタのプライバシーを覗くような真似《まね》をするのは、その、あまりよくないと思ったのです」

「当タリ前ダガ」

そしてそれは精霊の力を借りた場合に限った話ではない。

「ですが、この水晶は魔力で細かい調整ができるとはいえ、やっていることはただ水晶を通した遠視です。多少性能がいいとはいえ、遠視効果のある筒や水晶なら、マナラークでも売っていましたよ。精霊を使役した際とは違って四六時中監視することは難しいですし、室内での様子を確認することもできません。ですからその、一般的な範囲と言いますか……そう、これはただ、森を眺めているだけのようなもので……」

「ハイスペックナストーカーカラ、タダノストーカーニナッタダケジャネェカ！」

ノーブルミミックに怒鳴られ、ルナエールがびくりと身体を震わせる。

「ナンデコウ、カナタガ絡ンダラ、ココマデポンコツニナルンダ……。地下デカナタト生活シテタ頃ハ、前兆ハアッタモノノ、ココマデ酷《ひど》クハナカッタノニ……」

ルナエールはむっとした表情を浮かべるが、しかしそれに関しては自身でも心当たりがあったため、強く反論することはできなかった。

「で、ですが、カナタが何者からか相手に狙われているということは間違いないのです。そうでなければ、彼の周囲でこれほどの難事が続くことに説明がつきません。カナタのレベルを私が引き上げ過ぎてしまったことで、何か大きな存在に目を付けられているのかもしれません。だとしたら、私が、カナタを守ってあげないといけないのです。ノーブルは、カナタを死なせてもいいというのですか！」

「マ、マァ、ソリャソウダガ……」

「はぁ……ノーブル、いいですか？　私は別に、カナタを監視しておきたいだとか、そんなつもりで後をつけているのではないのです。勝手なイメージを私に持たないでください」

「ワ、悪イ……イヤ、デモ、前科ガ……」

ノーブルミミックは居心地悪そうに長い舌を捻《ひね》っていたが、すぐに素早く口の中へと収納した。

「イヤ、主、ソレナラ正面カラ、カナタニ相談シタライイダケジャネェカ！　黙ッテ追イ掛ケ回シテルノヲ止メロッテ言ッテルンダ！　危ナイ、勢イデ騙《だま》サレルトコロダッタ！」

「そ、それができたらそうしていますよ！　だってカナタには、《地獄の穴《コキュートス》》に帰ると言ってしまいましたもの！　あのハーフエルフの子にだって、改めて会ったら、どんな顔をして、何を話せというのですか！」

「心底面倒臭イ……」

ノーブルミミックは深く溜《た》め息《いき》を吐《つ》いた。

「それに……あのハーフエルフの子、四六時中カナタの傍にいるのだと思うと……凄く、もやもやするのです。あのハーフエルフの子は、私の知らないカナタを知っていたり、私が見ていないところで気遣ってもらったり、仲良くしているのだと思うと……。それに、もし私とカナタとあの子の三人になったとき、私が黙ったまま二人の会話が楽しげに弾んでいたらどうしようって、そんなことばかり考えてしまって……。私、あの子とずっと一緒にいたら、自分が何をするかわかりません」

ルナエールが、思い詰めた様子でわなわなと両手を震えさせる。

「根暗ボッチメ……」

「仕方ないじゃありませんか！　元々私は、人間と会わないために千年近くも《地獄の穴《コキュートス》》にいたのですよ！」

「……モウワカッタ。無理ニトハ言ワナイ、納得スルヨウニヤッテクレ」

ノーブルミミックは疲れ切ったように、壁の上で身体を倒した。口を開き、だらしなく舌を垂らす。

「それにしても……カナタの精霊、随分と可愛らしかったですね。私も少し、撫でてみたかったです。ローブで抑え込んでいるとはいえ、冥府の穢《けが》れがあるので、あまりしっかり触るのは少し難しいでしょうが」

「カワイラシイ……？　カナリ危ナイ奴《やつ》ニ見エタガ。マア、主ノ契約精霊ハ、モットワカリヤスクオッカナイ奴バカリダカラナ」

ルナエールははっと顔を上げた。

「そうです！　私も、カナタの精霊と契約します！」

「ハァ？」

「そうすれば、精霊にカナタの様子を探ってもらうことができます！　精霊越しにカナタの動きを誘導することもできるかもしれません」

「ダカラ発想ガ、ストーカーノソレダロウガ！　高位精霊ニハ頼ラナインジャナカッタノカ！」

「た、たまたま、カナタと同じ精霊と契約することになっただけですから。共通の知人に少し近況を聞くくらいならば、全く普通の範疇《はんちゅう》でしょう。一番の目的は、あの愛らしい精霊を可愛がってあげたいと思ったことです！」

ノーブルミミックはまた深い溜息《ためいき》を吐いた。何がたまたまで、何が普通の範疇なのか。共通の知人に近況を聞くならば確かに普通だろうが、相手の近況を聞くためにわざわざ知人に接近するのは普通でもなんでもない。ただのストーカーである。おまけに人間相手に一連のことを話したくないがために、相手の契約精霊を使う徹底的な根暗っぷりである。

「何か言いたげですね、ノーブル」

「イヤ……モウ、満足スルヨウニシテクレ」

早速ルナエールは、カナタの契約精霊ウルゾットルを呼び出すために、都市マナラークにて必要なアイテムを揃《そろ》えることにした。

カナタはウルゾットルを最初に仮契約として召喚するために、四門法という儀式を用いていた。四つのアイテムを捧《ささ》げて、それを対価に精霊と交信を行う、というものである。

捧げるアイテムや条件の些細《ささい》な変化によって交信先が異なるため、実際に行ってみるまでどんな精霊が出てくるのか把握しにくい方法ではある。ただ、同じ座標で、同じ形質のアイテムを捧げて条件を合わせれば、前例のある狙った精霊を引き当てることは不可能ではない。

ルナエールは一日掛けてマナラークを巡り、必要なアイテムを買い集めた。翌日、カナタがウルゾットルを召喚していた森奥に移動したルナエールは、四門法に用いるための四つのアイテムを配置していく。

「カナタが用いたのと完全に同一のアイテムは用意できなかったので、魔力で調整する必要がありそうですね。このくらいですかね？」

魔法陣を展開させ、その中央に手を置いて魔力を流し込む。

「地に宿りし精霊よ、我ら人の子に力を貸したまえ」

ルナエールの呼び掛けに答えるかのように、魔法陣が光を増す。四門法に用いたアイテムが光の中に消え、ルナエールの前方に、青い大きな犬の姿をした精霊が現れた。間違いなく、カナタの召喚していた高位精霊、ウルゾットルであった。

「四門法ハ再現性ガ低イッテ話ダッタガ、シクジラナカッタカ。魔法ノ腕ダケハ流石《さすが》ダナ」

「だけ、は余計ですよノーブル」

「最近ノ動向見テルトナ……」

四門法で呼び出しても、これで召喚契約が成立したわけではない。あくまで交渉の場に出てきてくれた、というだけである。ここから認められる必要がある。それに、高位の精霊ほど人間を見下しており、我《わ》が儘《まま》である場合が多いのだ。

だが、ルナエールは、今回に限ってはその心配はしていなかった。なにせ、カナタがウルゾットルと契約するところを見ていたからだ。ウルゾットルの人懐っこい性格も把握している。カナタが契約した際には、飛び掛かってくるのを少し往《い》なせば、すぐに認めてくれていた。

ウルゾットルが金色の瞳を見開く。ルナエールを目前にして、興奮したように二又の尾を左右に揺らしていた。ルナエールはそのウルゾットルの様子に、くすりと笑みを漏らした。一歩その場から引き、ウルゾットルと向かい合う。

「ノーブルは離れていてください。いつでもいいですよ、精霊さん」

「アオオオオッ！」

ウルゾットルが咆哮《ほうこう》を上げ、ルナエールへと突進する。ルナエールは右手を前に出し、飛び掛かってくるウルゾットルの額へと二本の指を宛てがう。それだけで、ウルゾットルの体当たりが完全に止まった。

「アオッ……？」

ウルゾットルは顔を上げようとする。が、動かない。二本指に完全に頭の動きが押さえ込まれていたのだ。しかし、ウルゾットルにはそれが理解できなかった。

ウルゾットルは、自身が全力で甘えられる人間を探していたが、ずっと見つからずにいたのだ。それが最近ようやくカナタが現れ、彼相手ならば多少羽目を外してじゃれ付いても付き合ってくれることがわかり、大喜びで契約した。

しかし、まさか、自身を赤子同然にあしらえる人間がいるなど、夢にも思っていなかったのだ。現在の状況に対して、全く理解が追い付かずにいた。

体当たりの勢いで、ルナエールの黒いローブが頭部から脱げ、彼女の顔が露《あらわ》になった。碧《あお》と真紅のオッドアイが、ウルゾットルを見つめ、微笑みかける。《穢れ封じのローブ》で抑え込まれていたルナエールの魔力、冥府の穢れが漏れ出した。

漏れ出た冥府の穢れはほんの一部だったとはいえ、ウルゾットルは高位精霊である。精霊は元々、人間よりも遥《はる》かに穢れや魔力などに対して優れた感覚を有している。相手の力量を知るには、それで充分であった。ウルゾットルは、遅れて自身が、何に目掛けて飛び掛かったのかを知ることになった。

「元気がいいですね」

ルナエールはそう口にして、双眸《そうぼう》を細める。

「おすわり」

「ク……クゥン……」

ウルゾットルはすごすごとその場に座り込んだ。

「いい子です」

ルナエールはウルゾットルの首許をじっと見つめた後、左手で軽く捻るように摑んだ。びくりとウルゾットルの身体が硬直する。

「ふふ、こうして触っていると、カナタの体温が残っているように錯覚しますね。カナタと触れ合っていたのはもう昨日のことなのですから、そんなはずもないのですが。精霊相手とはいえ、少し妬《や》いてしまいます」

「主ガ言ウト冗談ニ聞コエナイカラ止メロ」

ルナエールは昨日カナタがウルゾットルと戯れていたのを思い出し、うっとりとした表情を浮かべながら、ウルゾットルの首許をぐにぐにと触っていた。ウルゾットルの触り心地がよかったということもあるが、カナタの触れていた部位だと思うと、《地獄の穴《コキュートス》》で彼と抱き合っていたときの感触を自然と思い出していた。

冥府の穢れのこともあるので、少し軽く体毛を撫でるだけのつもりだったのだが、カナタのことを考えていたために思考が逸《そ》れ、無心にウルゾットルの首へと指先を押し付けていた。

ウルゾットルはその間、身体を縮込め、小さく震えていた。

何せ、自身より遥かに強い正体不明の人間が、冥府の穢れを垂れ流し、恍惚《こうこつ》とした表情で自分の首に力を加えているのだ。何がどうしてこうなっているのか、目前の少女が自身を呼び出した目的が何なのか、どういった意図で自分の首を摑まえているのか、何一つとしてさっぱりわからなかった。

わからないなりに、ウルゾットルは身の危険を感じていた。冥府の穢れは、この世界のあらゆる生物が、本能的に忌避するものである。《穢れ封じのローブ》のお陰でマシにはなっているとはいえ、頭の部分が脱げているために効果は半減していた。

触られている首の部分は徐々に熱を帯び始めており、それと同時に、触られている箇所から絶望や嘆き、苦しみ、それそのものが自身の中へと入ってくるような感覚をウルゾットルは味わっていた。

下手に動けば、次の瞬間には殺されるかもしれない。ルナエールにはそう思わせるだけの圧があった。ウルゾットルは小さく震えたまま固まり、冥府の穢れの恐怖に耐えていた。

「オイ、主！　触リ過ギ、触リ過ギダ！」

「えっ……？　あ、つい……！　精霊なら多少耐性はあるでしょうが、そこまでレベルが高いわけでもなかったみたいですしね」

ルナエールは慌てて手を放し、脱げていたローブを被《かぶ》り直した。その隙を突くように、ウルゾットルの身体が淡い光に包まれ、すぅっと透明になっていく。

「え？　あ！　ちょっ、ちょっと待ってください！　あの、話を聞いてください……！　大事な用事があるのです！」

ルナエールは慌てて摑もうとしたが、手を擦り抜けた。そのままウルゾットルは、空気に混じるかのように消えていった。精霊の世界へと帰っていったのだ。

「……逃ゲラレタナ。当タリ前ダガ」

「も、もう一度アイテムを用意して召喚して、説得しましょう」

「四門法ノ交信ニ応ジナイト思ウガ……」

「でしたら、少し手間は掛かりますが、呪縛法で強制召喚するしかありませんね……。仲良くしていきたいと思っている相手なので、あまり使いたくはない方法ですが」

「止メテヤレ」

「で、ですが、今回のせいで、あの精霊に誤解されてしまったように思います！」

「イウホド誤解ダッタカ？」

「この状態で放っておいたら、あの子から、カナタにあまりよくない形で今回の件が伝わってしまうかもしれません。それだけは阻止しないと……！」

「止メテヤレ」

かくして、ルナエールのウルゾットル抱き込み計画は頓挫することになった。

3

「ほら、フィリアちゃん。大丈夫です、しっかり押さえておきますから」

「う、うう……！」

ルナエールのウルゾットル抱き込み計画が頓挫した翌日、またカナタは森奥でウルゾットルを召喚していた。

フィリアが『怖いけど、ウルと仲良くしてあげたい！』と口にしたため、カナタはそれを手伝うことにしたのだ。カナタがウルゾットルの身体を押さえ、その間にフィリアがウルゾットルの肩に手を触れる、という手筈《てはず》になっていた。

フィリアが目を瞑《つぶ》りながら、懸命に腕を伸ばす。指先が、ウルゾットルの身体に触れた。

「フィリアちゃん、触れましたよ！」

「ほ、本当だ……！　フィリア、お犬さんに触れた！」

フィリアが声を上げて喜ぶ。ウルゾットルもそれを祝福するように、嬉しそうな顔でフィリアを見つめていた。

「頑張ったね、フィリアちゃん。フィリアちゃんは克服できましたよ、ポメラさん。頑張ってみませんか？」

「ポメラ別に、その、ワンちゃんが苦手なわけじゃないんですけれど……」

ふとそのとき、カナタは妙な気配を感じて顔を上げた。

また、誰かに見られている。

「ナイアロトプか……？」

「どうしましたか、カナタさん？」

「……いえ、なんでもありませんよ」

カナタは強張っていた表情を崩し、そう口にした。

ナイアロトプの干渉は、対策を打ってどうこうできる類のものではない。向こうも何かしらの制限があるのか、あまり直接的な手出しは嫌っているようであった。現状、下手に相談して不安にさせても仕方がないと、そう思ったのだ。

「ウウ……ウウウ……」

ウルゾットルは身体を震わせながら、その場に座り込んだ。

「ウ、ウル？　どうしたんですか、ウル！」

魔力や冥府の穢れに敏感なウルゾットルは、この気配が、前に自身を召喚した少女と同一のものであることに気が付いてしまっていた。

あとがき

作者の猫子です。不死者の弟子第三巻、お買い上げいただきありがとうございます！

このあとがきを書いている段階ではまだ表紙ができあがってはいないのですが、カナタに加えて、ウルとコトネを入れてもらうことは確定しています。ウルもコトネも、不死者の弟子の中では結構好きなキャラなので嬉《うれ》しいです！

……表紙に入っていますよね？　こんなことを書いておいて、予定が変わってデカデカとロヴィス様が表紙になっていたらどうしよう。


また、不死者の弟子第一巻、コミカライズ、二〇二一年の二月二十五日発売予定となっております！　恐らく不死者の弟子第三巻が皆様のお手許《てもと》に渡っている頃には、既に発売している、ということですね！　こちらもとても可愛《かわい》らしくルナエール様を描いていただいておりますので、ぜひ漫画版不死者の弟子もよろしくお願いいたします！　オーバーラップ様のＷＥＢ漫画配信サイト、コミックガルドにて一部無料配信しておりますので、お試し読みはこちらでどうぞ！

作品のご感想、
ファンレターを
お待ちしています

あて先

〒141-0031　東京都品川区西五反田 7-9-5 SGテラス5階
オーバーラップ編集部
「猫子」先生係／「緋原ヨウ」先生係

スマホ、PCからWEBアンケートにご協力ください

アンケートにご協力いただいた方には、下記スペシャルコンテンツをプレゼントします。
★本書イラストの「無料壁紙」　★毎月10名様に抽選で「図書カード（1000円分）」

公式HPもしくは左記の二次元バーコードまたはURLよりアクセスしてください。
▶ **https://over-lap.co.jp/865548693**
※スマートフォンとPCからのアクセスにのみ対応しております。
※サイトへのアクセスや登録時に発生する通信費等はご負担ください。

オーバーラップノベルス公式HP ▶ **https://over-lap.co.jp/lnv/**

不死者の弟子 3
～邪神の不興を買って奈落に落とされた俺の英雄譚～

発　行　2021年3月25日　初版第一刷発行

著　者　猫子

イラスト　緋原ヨウ

発行者　永田勝治

発行所　株式会社オーバーラップ
〒141-0031
東京都品川区西五反田 7-9-5

校正・DTP　株式会社鷗来堂

印刷・製本　大日本印刷株式会社

ISBN　978-4-86554-869-3 C0093

【オーバーラップ　カスタマーサポート】
電　話　03-6219-0850
受付時間　10時～18時（土日祝日をのぞく）

骸骨騎士様、
只今
異世界へお出掛け中
Ennki Hakari
秤猿鬼
illust. KeG
目立たず過ごす——はずだったのに!?
最強の骸骨騎士による
無自覚"世直し"異世界ファンタジー、
ここに参上!!
目覚めると「見た目は鎧、中身は全身骨格」のゲームキャラ"骸骨騎士"の姿で異世界に放り出されていたアーク。目立たず傭兵として過ごしたい思いとは裏腹に、ある日、ダークエルフの美女アリアンに雇われ、エルフ族の奪還作戦に協力することに。だが、その裏には王族の策謀が渦巻いており——!?
大ヒット御礼!
骸骨騎士様、只今、
緊急大重版中!!
OVERLAP NOVELS

忍宮一樹は女神によって、ユニークスキル『お小遣い』を手にし、異世界転生を果たした。
「これで、働かなくても女の子と仲良く暮らしていける！」
そんな期待はあっさりと打ち砕かれる。巨大な虫に襲われ、ギルドとの諍いが勃発し――どうなる、異世界ライフ!?

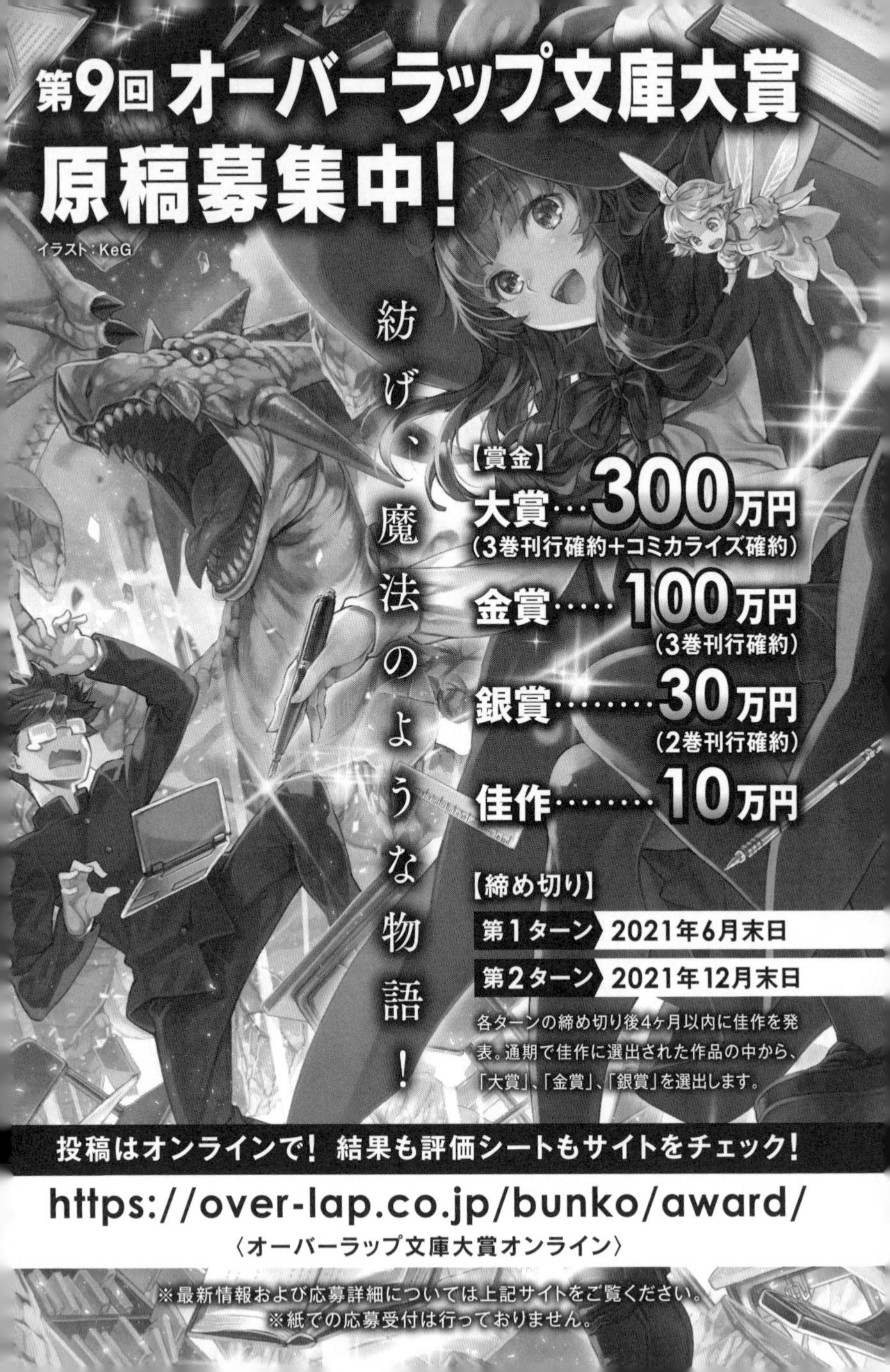
第9回 オーバーラップ文庫大賞
原稿募集中！
イラスト：KeG
紡げ、魔法のような物語！
【賞金】
大賞…300万円
（3巻刊行確約＋コミカライズ確約）
金賞……100万円
（3巻刊行確約）
銀賞………30万円
（2巻刊行確約）
佳作………10万円
【締め切り】
第1ターン 2021年6月末日
第2ターン 2021年12月末日
各ターンの締め切り後4ヶ月以内に佳作を発表。通期で佳作に選出された作品の中から、「大賞」、「金賞」、「銀賞」を選出します。
投稿はオンラインで！ 結果も評価シートもサイトをチェック！
https://over-lap.co.jp/bunko/award/
〈オーバーラップ文庫大賞オンライン〉
※最新情報および応募詳細については上記サイトをご覧ください。
※紙での応募受付は行っておりません。